A MINHA TURMA É SHOW

ARNALDO DEVIANNA

Abajour Books

São Paulo, 2019
www.abajourbooks.com.br

A MINHA TURMA É SHOW

Copyright© Abajour Books 2019.Versão revisada e atualizada.
Todos os direitos para a língua portuguesa reservados pela editora.
A Abajour Books é um selo da DVS Editora Ltda.

Nenhuma parte dessa publicação poderá ser reproduzida, guardada pelo sistema "retrieval" ou transmitida de qualquer modo ou por qualquer outro meio, seja este eletrônico, mecânico, de fotocópia, de gravação, ou outros, sem prévia autorização, por escrito, da editora.

Capa: Danielle Felicetti Muquy
Diagramação: Schaffer Editorial

Dados Internacionais de Catalogação na Publicação (CIP)
(Câmara Brasileira do Livro, SP, Brasil)

```
Devianna, Arnaldo
     A minha turma é show / Arnaldo Devianna. --
São Paulo : Abajour Books, 2018.

     ISBN 978-85-69250-22-7

     1. Ficção - Literatura juvenil I. Título.

18-14354                                CDD-028.5
```

Índices para catálogo sistemático:

1. Ficção : Literatura juvenil   028.5

*Dedico este livro ao meu pai, Arnaldo,
o maior contador de histórias que já conheci.*

Agradecimentos

A James McSill, meu consultor, mentor e agente literário.
McSill Literary *Agency - UK*

Ao editor Sergio Mirshawka por acreditar na trilogia *A Minha Turma é...*

Aos leitores betas:
Maisa Zilochi Pires – 13 anos – Colégio Prof. Roberto Herbster Gusmão.
Solange Lucia dos Santos – Professora – Colégio Impulso.
Lívia Kathleen Diniz Reis – 14 anos – Colégio Impulso.
Bianca Discacciati Bondezan – 13 anos – Instituto Alice Maciel.
Mateus Oliveira Librelon – 12 anos – Colégio Laís Farnetti.
Dulce Maria França F. Gonçalves – 11 anos – CNEC.
Mikaela Karoline Alves de Souza – 22 anos – UNIFEMM.

Sumário

Cinco... quatro... três... dois... um... ignição! 1
13:58:10 5
13:41:16 12
13:20:00 16
13:07:09 21
12:44:00 24
12:29:20 27
12:14:02 32
11:45:00 34
11:25:54 41
11:10:00 43
10:51:30 47
10:45:00 52
10:38:09 57
07:15:00 62
06:53:00 65
06:38:00 70
06:22:00 75
06:10:00 79

06:02:00 82
05:51:00 87
05:41:00 91
05:35:13 94
05:30:00 96
05:14:00 100
05:05:00 104
04:12:00 109
03:43:06 113
03:19:00 116
03:20:00 119
03:10:00 121
02:38:42 123
02:20:00 131
02:03:00 137
01:57:00 140
01:44:00 144
01:31:04 147
01:22:00 152
00:53:49 156
00:30:00 161
00:02:00 165
Cadê a Mikaela? 168
Meninos.. 173
Quem são esses caras? 179
Sol! 185
Não minta para mim! 190

Cinco... quatro... três... dois... um... Ignição!

Léo não parava de pensar no fato de que sempre obedecer a tudo o transformava num perfeito idiota. Desejou mergulhar a angústia na escuridão do quarto. Só que, antes, precisava segurar a droga do portão da garagem para o pai retirar o possante, ou melhor, aquela lata velha imprestável.

O jeito foi fazer a promessa mental de dormir muito naquele resto estúpido de tarde. O sono lhe pesava as pálpebras. Talvez um bom cochilo diminuísse a revolta. Melhor, se acordasse após o fim do *show* do século, o qual, sem motivo convincente, foi proibido de ir. Ódio! Sobrava o problema: de tão louco pelos *Stones*, poderia fazer uma besteira. Pelo jeito, ninguém se importava.

Bem devagar, a traseira do carro se agigantou. De má vontade, aproximou-se da janela. Por picardia, no rádio do painel tocava: *I can't get no*. In-fer-no! As raízes dos cabelos coçaram por baixo do boné.

A voz rouca do locutor se sobrepôs à música, a esticar as palavras:

"Está quase na hora, caros ouvintes! Compasso de espera para o imperdível show do Rolling Stones em seu giro pela América Latina. Com certeza, a última turnê mundial dos dinossauros do rock! É agora ou nunca! Quem não for se arrependerá pelo resto da vida!"

Num movimento para lá de brusco, a leoa-mãe mudou a estação.

Pensou em todas as tentativas, nos dias anteriores, para convencê-la do contrário. E todas falharam. Todas! Dá para acreditar? Pô, iria perder os Stones! Soltou um jato de ar pela boca. Restava agora o frio, o ócio, a solidão, além da vontade louca de sumir da face da Terra.

O pai elevou as duas sobrancelhas, antes de fazer tipo de quem leu os pensamentos de revolta do filho adolescente, depois balançou o dedo indicador:

– Campeão, cuide bem da casa. Eis o momento de mostrar responsabilidade. Apostei todas as minhas fichas em você!

Deixou os ombros caírem. A discussão após o almoço, sobre o fato de não poder ir ao *show*, ferveu de espumar. O protesto fora de controle foi por causa da votação empatada há dias. Entretanto, o *não* da toda poderosa sempre valia o dobro. A chatice: sem regras de desempate.

Briga idiota, esqueceu o detalhe: os ingressos já haviam se esgotado. O pesadelo dos pesadelos: todo mundo ia, menos ele... Balançou o rosto para espantar a sonolência. Aí, tomou aquele susto...

O amigo Gazetinha acenava da calçada oposta, cheio de mistério. A camiseta estampava a logomarca dos *Stones*. Pior: sambava feito passista na Sapucaí. O comportamento sugeria duas hipóteses: precisava de ajuda para resolver a besteira já feita ou tramava alguma bem absurda. Do contrário, teria dado as caras sem cerimônia, pois era um tremendo fura fila.

Meu Deus! Só me faltava um problema alheio para atrapalhar meu cochilo salvador no mais pavoroso sábado de todos. Não posso estar acordado quando o *show* começar. Não posso. Qualquer fã impedido de ver seu ídolo faria alguma loucura... A respiração acelerou por si.

Estalos de dedos.

Virou a aba do boné para trás e baixou a vista.

O pai cobrou as tais regras combinadas.

Tornou a abanar a cabeça para espantar o sono teimoso. Desejou um desmaio. Se o mundo acabasse naquela porcaria de noite, melhor ainda. Voltou a espiar o Gazetinha.

O garoto matraca esfregava os joelhos.

Qual foi a encrenca da vez? Ou o cretino experimentava outra crise de oxiúros? Na última, parou no médico. Também, o viciado tomava refrigerante no lugar de água e só comia porcarias.

O couro cabeludo voltou a coçar. Curiosidade ou mau presságio?

O pai estapeou a lataria da porta do carro, a exigir atenção.

Léo contou nos dedos enquanto ditava as famigeradas regras: trancar as portas, dormir cedo, apagar as luzes, programar a função *sleep* da TV, jamais usar o fogão a gás, em nenhuma hipótese abriria o portão para estranhos... Por fim, protestou:

– Não sou criança!

Aí, foi lembrado da ótima oportunidade de provar o amadurecimento naquela solitária noite de sábado.

Deixou os ombros caírem de novo e tornou a espiar o misterioso amigo.

Para azedar o mistério, o infeliz carregava uma mochila volumosa nas costas. Pronto! Finalmente, cumpria a promessa de fugir de casa. Agora, procurava um teto para passar o fim de semana. Melhor correr do problema.

Nisso, o pai lhe cutucou a coxa.

Sorriu de resposta.

A leoa-mãe seguia de ovo virado.

Putz! Dia difícil aquele...

Ele insistiu:

— Se acontecer algo trágico?

Recorreria à tia Mika Repilica, a hippie maluca da família e vizinha de bairro, pois os pais estariam incomunicáveis numa tal vigília em honra a Saint Patrick. Todavia, deixou claro em outro quase protesto: "Não comerei a gororoba vegetariana dela. Já me basta a avó natureba. Inclusive, melhor ela não desmaiar, aí, ao invés de receber ajuda, terei que socorrê-la."

— Sobreviverá. Pelo sim, pelo não, amanhã bem cedinho estaremos de volta. Quanto aos desmaios da Mikaela, não se preocupe, só ocorrerão se tomar sustos, detalhe: os apagões são passageiros. Bom, ao meu comando, sincronizar cronômetros! — correu os dedos na tela do celular, onde zeros enfileirados se tornaram brilhantes.

Fez o mesmo no seu aparelho, posicionou o dedo indicador sobre o enorme botão virtual amarelo onde se lia: INICIAR.

O pai começou a contagem regressiva, a mesma da antiga brincadeira de viajante do espaço:

— Cinco, quatro, três, dois, um... Ignição!

No mesmo instante, ambos apertaram os botões virtuais nas telas dos respectivos celulares.

Pronto, acabava de ganhar quatorze horas de pura liberdade.

Ele ainda completou:

— Filho, não faça nada de errado que eu não faria.

Gritou:

—Viva a Saint Patrick!

Exibiu, do lado de fora da janela, uma enorme caneca verde estampada com a figura do santo. Ao mesmo tempo, esticou os lábios no rumo do assoalho do carro.

Dedução lógica: ganharia uma discreta aulinha de direção.

Se a leoa-mãe imaginasse as tantas já ocorridas, ficaria de bronca por meses. Melhor nem imaginar...

A fera olhava para o outro lado. Ainda bem.

O motorista se reposicionou à janela.

Apertou o pedal de embreagem, forçou a alavanca de marcha para a esquerda, acelerou, soltou a embreagem devagar, o carro saiu em marcha à ré. Em seguida, as rodas dianteiras se viraram para a direita. Aí, usou a língua para apontar a leoa, em seguida movimentou os lábios para sussurrar a mensagem:

"*Ela vai melhorar! Divirta-se! A felicidade só depende de você!*"

Léo não teve ânimo para acenar de volta.

A Dona Encrenca abaixou a cabeça. O óbvio: continuava furiosa.

Enquanto o ronco modular do motor da lata velha inundava os tímpanos, relembrou a briga estúpida após o almoço. Era mesmo uma besta quadrada! Só aumentou o desgaste... Acordou do transe quando duas mãos enormes repousaram sobre seus ombros. Por experiências passadas, aquele gesto quase sempre significava problema. Ao imaginar quem lhe tocava, lamentou-se: devia ter entrado rápido.

Soltou o ar aprisionado nas bochechas.

O jeito foi contemplar a cara enferrujada do Gazetinha, adornada pela cabeleira cor de fogo, enquanto esforçava-se para desviar os olhos da maldita estampa na camiseta. Tarefa difícil.

Ódio! Primeiro foi o locutor da rádio, agora, aquele infeliz... Os *Stones* o perseguiam.

De olhar vidrado, o sujeitinho atracava as mãos às alças da mochila. A aposta: havia se metido numa bestial encrenca. Talvez fugisse mesmo de casa... Tornou a imaginar a cama macia. O móvel virou fumaça quando a voz do amigo anunciou a necessidade de ajuda:

— Véio! Só você pode me salvar. O caso é de vida ou morte!

Rearranjou o boné, planejou entrar e trancar o portão. Contudo, não teve coragem de virar as costas para o amigo enferrujado. Tal qual o próprio infeliz costumava brincar: "Uma mão suja a outra..." Poderia precisar dele no futuro. Concordou em pelo menos ouvir a causa de tanta agitação. A longa noite de sono para esquecer os *Stones* ficaria para outro dia. Arrastou as mãos pelas laterais do rosto. Arrepiou-se só de pensar na possibilidade do arrependimento. O ar em volta do sujeitinho cheirava à confusão. Aliás, o sobrenome do coitado deveria ser *Problema*.

O infeliz sorriu amarelo.

13:58:10

    Fechou a folha do portão até ficar prensado entre ela e a pilastra do muro. A manobra pretendia garantir a santa soneca, uma vez que as visitas do Gazeta eram sempre demoradas, para não dizer, intermináveis. O carinha falava pelos cotovelos.
    Barricada feita, o próximo passo: despachá-lo rápido. Imagine a tragédia: os *Stones* tocariam na cidade vizinha, ele preso em casa. Se duvidar, daria para ouvir o fantástico *show* do quintal... Chutou a pilastra do muro.
    Diante da emergência, para garantir a noite de sono, planejou tomar água com açúcar, comer talos de alface até não aguentar... Caso não dormisse, restava correr desvairado pelas ruas ou morrer de tédio.
    Gazetinha o encarou de banda, abriu os braços, protestou contra a falta de convite para entrar, da grosseria em deixá-lo ali na calçada.
    Léo argumentou cansaço, sono.
    A visita inconveniente bateu o pé.
    – Cara! Podemos ver esse seu problema de vida ou morte depois? Tô péssimo! Quebra essa, aí! – Léo implorou.
    – Péssimo? Tem a casa só para você no fim de semana. Na adolescência, eis a condição mais próxima do paraíso! Eu, tô de boa. Até tomei banho de porta aberta.
    – Para tudo! – Léo esticou os braços para frente – Quer dizer...
    – Adivinhou! Os meus velhos também foram para a vigília de Saint Patrick. Não é sensacional?
    Mordiscou as pontas dos dedos antes de indagar como sabia o destino dos pais.

O danado explicou que todos os participantes das festas em honra ao santo carregavam a tiracolo canecas verdes cafonas, iguais à de Seu Arthur. Na sequência, escancarou a mentira dos adultos: na verdade, iriam se embriagar em algum festival de chope, o *Saint Patrick Day* se comemorava a 17 de março. E estavam em julho. Logo, foram passados para trás. No fim, voltou a suplicar por ajuda para resolver o tal *big* problema de vida ou morte.

Léo reposicionou o boné na cabeça enquanto refletia: por que a toda certinha Dona Ângela apoiaria tamanha lorota? Se bem que vigília e festa do padroeiro são coisas diferentes... As pálpebras pesaram. Lembrou-se da cama e desistiu de tentar entender o caso. Então, procurou outra desculpa para dar o fora no cara de ferrugem.

O sujeitinho voltou a protestar contra a negativa de ajuda.

Fechou a cara, a insistência dele beirava a falta de educação.

O atrevido voltou a querer entrar. Diante da nova negativa, sapateou, coçou o traseiro. Nojento.

Pensou no famoso caso dos oxiúros, não conseguiu rir.

O sujeito apelou para imitar a cara do gatinho pidão do filme *O Gato de Botas*.

Parecia desesperado mesmo. Só se matou alguém? Por acidente, claro. Aquele pensamento sinistro o fez baixar a guarda: "Te dou trinta segundos de atenção!" O desaforado prometeu só ir embora após contar tudo. Aff! Ninguém merece. Enfeixou as veias do pescoço. Tremeu a face e murmurou:

— Ora! Também tenho um *big* problema para resolver!

— Beleza, brô! Pode partilhar a sua bronca primeiro.

Deu-se por vencido, afinal, estava doido para desabafar o absurdo do "não" da leoa-mãe valer mais que o "sim" do pai. Empate devia ser decidido na moeda. Essa lógica não valia em casa. Por isso, a insônia, a revolta, a raiva, a vontade de sumir...

— Eis o clássico pai banana! Pai e banana acabarão sinônimos. Imagine, num breve futuro, a tabela de preços das lanchonetes: pai *split*, açaí com pai, vitamina de pai com aveia...

Tornou a enfeixar as veias do pescoço, aquela conversa idiota prometia demorar.

O sujeitinho insistiu noutra porção de asneiras sobre a ditadura de saia.

— Queria ser adulto, dono do próprio nariz...

— Para depois virar banana igual aos nossos pais, Leonardo?

— Nada disso, seu imbecil! Queria ser adulto para poder assistir ao *Rolling Stones* sem depender da porcaria da permissão de ninguém!

Gazeta passou a caminhar em círculos.

Cobrou os detalhes do tal problema, para poder emitir alguma opinião a jato, precisava dormir.

O carinha murchou os lábios.

Passou a matutar sobre o motivo daquela enrolação. O problema não parecia tão grave. Senão, já tinha contado. Sem essa de ficar preso naquela lengalenga pelo resto da tarde. Quanto antes deitasse, mais cedo dormiria.

Indagou se deveria começar pela parte boa ou a ruim?

Para tudo! A porcaria do problema tinha duas partes. Desgraça pouca é bobagem mesmo! Estapeou o próprio rosto, contemplou o azul do céu e sussurrou:

– Que diferença faz?

O idiota começou o relato, decerto, pela parte boa, pois anunciou ter descolado um ingresso para o *show* do *Rolling Stones*, segundo lote. Apontou a estampa da camiseta.

Fitou o abusado, tipo mira de *videogame*, pronto para explodi-lo. Já sofrera o bastante por causa da banda, nada de aguentar aquela prosa com jeito de zombaria.

Ele explicou que o *show* comemorava os 30 anos do Concerto *Live Aid*. O evento transformou o 13 de julho no *Dia Mundial do Rock*. Por acaso, a mesma data daquele sábado. Para arrematar a fala, fez mímica de guitarrista.

Pronto. O cabeça de castanha zombava na cara dura. Agora, lágrimas de inveja marejavam. A turma do bairro inteira iria. Até o amigo tagarela de cabelos cor de fogo possuía ingresso... Caraca! Era para acabar o mundo.

– Mano, imagine o *Mick Jagger*, *Keith Richards*, *Ron Wood* e *Charlie Watts* no palco, ao vivo! Pensa!

Léo agarrou os cabelos. O descuido permitiu a porcaria do portão se abrir ao sabor do vento. Sentou nos calcanhares, meio zonzo e tapou o rosto... Só pensava, só falava, só imaginava aquele *show* nos últimos dias. Aí, vem o Zé Mané contar vantagem sobre ter conseguido uma carniça de entrada. Crueldade! Rosnou, pretendia colocar o zombeteiro para correr.

Alheio ao risco de levar um murro, o espiga de milho maduro se agachou:

– Véio, pela sua cara, você não captou a mensagem! Talvez seja a nossa última oportunidade de assistir aos monstros do *rock*...

Trovejou o fato de não ter bilhete e exigiu que ele parasse a zombaria.

– Entendeu tudo errado. Mano, essa belezinha poderá ser sua por quase nada! Negócio de amigo para amigo. – Colou o ingresso na própria testa e sorriu de orelha a orelha.

O retângulo de papel trazia impresso, em segundo plano, a logomarca dos súditos da rainha: uma boca aberta com a língua vermelha para fora. Hipnotizado, perdeu o controle do movimento dos lábios.

Já o Gazeta sorria de orelha a orelha.

Quantas vezes sonhara estar de mãos dadas com Sol, na beirada do palco, a poucos passos dos ídolos. Por fim, reconheceu a tragédia pessoal: sem grana e proibido de ir. Esfregou as laterais do rosto sem tirar os olhos do recorte de papel mágico, passaporte para a alegria.

Desanimou de vez quando soube do preço da meia entrada: quatrocentas pilas. Nem se quebrasse o cofrinho de barro em forma de leitão que escondia debaixo da cama...

— Um chegado pegou dengue... Aí, nós pensamos...

Ergueu a aba do boné e fuzilou:

— Nós quem?

— Eu e a Dona Mika!

— Mika Repilica? A minha tia? — Ficou de pé.

Gazetinha balançou a cabeça, concorde e entrelaçou os dedos atrás da nuca.

Argumentou o fato de a irmã de seu pai ter uns sessenta anos de idade. Apesar de animada, alegre, louca por *rock*, não fazia sentido buscar amizade de um adolescente. Aquela história não cheirava bem.

— Desde quando são amigos?

— Faz uns trinta minutos...

Agarrou o abusado pelos ombros:

— Quero a verdade! A verdade!

O candidato a mentiroso caminhava perto de casa, quando um carro vermelho estacionou. No aparelho de som, tocava a música *Psycho Killer* no último volume. Alucinado que era pelo *Tallkind Heads*, correu para cumprimentar o motorista pelo bom gosto. Aí, topou a Mikaela sentada no banco do passageiro. Já a conhecia de vista, pois era famosa no bairro. Ela desceu, chamou-o pelo nome, se apresentou. Papo vai, papo vem, papo foi, *rock*, *Stones*, *show* do século... Mostrou o ingresso disponível para venda. Foi quando pediu para ele convencer o sobrinho de comprar a entrada. Em troca, ganharia a carona 0800 para o *show*. O carinha aceitou na hora, uma vez que havia perdido a vaga no ônibus fretado por uns tais *Metaleiros Psicóticos*. Vai saber quem seriam esses idiotas...

Achou a história meio absurda. Por que a tia não faria aquilo?

O aloprado indagou sobre a origem do apelido.

Léo explicou o trocadilho besta sobre ela reciclar tudo... Em seguida, reanalisou aquele estranho encontro uma pá de vezes. O caso cheirava a conto da carochinha.

O infeliz pôs-se a reclamar do próprio apelido, queria um legal, tipo o da Dona Mika, não a droga de Gazeta, Gazetinha.

– Não entendo. Nunca trabalhei em jornal. Nem falo muito. Sou um garoto comum. Boa praça! Não merecia...

O fato, ninguém o conhecia pelo nome de batismo. A bem da verdade, o tal apelido era mesmo muito esquisito. Se duvidar, único no mundo.

Apertou a ponta do nariz enquanto pensava na oferta do ingresso. Em troca daquele pedacinho de papel encantado, valia a pena adiar a compra do *videogame* de última geração. Ou mesmo contrariar a proibição da leoa-mãe? Cacilda.

Cismado, lançou outras perguntas:

– Tem certeza? O encontro aconteceu do nada? Jura? Dona Dulce pode cair morta atrás da porta da cozinha?

O carinha colocou culpa no acaso: primeiro pintou o carrão, o *hit Psycho Killer*, apareceu a Dona Mika, a oferta da carona e a indicação dele para o ingresso.

– A sorte foi toda sua! Acho que ela ficou sem graça de te sugerir um ato de rebeldia.

Coçou o alto da cabeça. Reparou o amigo de banda. Pareceu-lhe sério até demais, eis o problema, só dizia bobagens.

O carinha passou a especular o quão máximo seria aquela aventura ultrassecreta.

– Cara, eis o nosso primeiro *show* internacional!

Juntou os lábios enquanto tornava a reanalisar a proposta quase inacreditável. Pensou no cronômetro do celular, na frase profética do pai: *"Não faça nada de errado que eu não faria."* Lembrou-se também da briga após o almoço; do plano B imbecil de correr desvairado pelas ruas caso não conseguisse dormir até a hora do início do *show*. No plano C, pularia da ponte... Droga! O cérebro doía. Não se sentia bem. Nunca tivera pensamentos tão estúpidos.

– E aí? Vai perder a chance?

– Cara! Não posso. A leoa-mãe me puxou o tapete. Ela é dona do *não* mais poderoso do planeta. Proibiu, tá proibido e ponto final.

Gazetinha dançou algo parecido à coreografia de Mick Jagger para a música *Start me up*. Enquanto, por certo, apostava que ele não conseguiria sequer dormir depois de ter visto o último ingresso disponível para o *show* do século. Argumentou:

– O barato da vida é a diversão!

Como as entradas se esgotaram há dias, já havia perdido a esperança. Agora lhe aparece uma sem dono, a suplicar: "Fica comigo!" Cacilda! Não conseguiria dormir, muito menos fazer qualquer besteira após tal acontecimento. Por outro lado, não podia desobedecer a mãe. Rangeu os dentes.

— Insista. Ligue para Dona Ângela. Peça perdão, encha o saco, chore, esperneie, plante bananeira, role na grama...

Enterrou os dedos nos cabelos. Os pais estavam incomunicáveis na tal vigília ou no secreto festival de chope. Mesmo se conseguisse contato, ganharia outro sonoro não. A matriarca continuava de ovo virado. Isso ficou claro quando mudou a estação do rádio ou sequer lhe dirigiu o olhar na despedida.

Se fosse escondido, fiado na proteção da *hippie*, viraria seu escravo pelo resto da adolescência: busque isso, faça aquilo. Se negasse, ela o ameaçaria: "Posso contar para a Ângela sobre aquele *showzinho* no inverno passado..." A Tia era possessiva, mandona. Talvez, por isso, escalou o Gazeta para fazer a oferta pecaminosa.

Caramba! Carambola! Ele e a leoa precisavam fechar o tempo logo no *Dia Mundial do Rock!*

Tomou o ingresso, reparou os dados do evento: a tarja metalizada de segurança refletia as cores do arco-íris. No canto inferior, lia-se: MEIA ENTRADA. No verso, havia um texto em letras minúsculas.

Eis a *big* questão: continuaria o idiota obediente às ordens e proibições? Droga de sinuca! Droga de vida! Suou frio.

De repente, o fulaninho gritou:

— Tive uma ideia!

Prendeu a respiração. Ter boas ideias nunca foi o forte do amigo ruivo.

— Escuta. Os nossos velhos só voltam amanhã cedo. Dá tempo de curtir o *show* e voltar sem problema. Eles rezam, quem ganha a benção de Saint Patrick é a gente. Amém! Aleluia! De pé, igreja! — Elevou os braços. Para garantir o segredo do esquema, ainda sugeriu um pacto de sangue.

Ligou o telefone, examinou o cronômetro:

— Voltarão daqui a 13 horas, 45 minutos, 10 segundos!

O calhorda esticou o pescoço para examinar o baile dos números na tela do celular e fez aquela cara de espanto.

— Véio, fui obrigado, coagido, torturado a marcar o tempo... — Enfiou o telefone no bolso do *jeans*.

O amigo desatou a falar baboseiras revolucionárias, do tipo, arrebentar a coleira e fugir. Ou seja, na prática, era chamado de cachorro. Ódio! Em seguida, insistiu no argumento de terem tempo de sobra. Em menos de treze horas, iam e voltavam sem nenhum problema.

Quanto a isso, o carinha tinha razão.

— Cara! O meu plano é perfeito! O que pode dar errado?

– Tudo! Não vou! Não vou! Não vou! – Nisso, parou para pensar num detalhe despercebido: se a parte boa da porcaria do problema de vida ou morte era oferta zombeteira do último ingresso, o qual não podia pagar... Qual seria a parte ruim? Para descobrir a resposta, o encarou antes de verbalizar a pergunta.

Primeiro, Gazetinha fez a cara de cachorro escondido debaixo da cama, para explicar: a Tia Mika lhe passara a missão ingrata de convencer o sobrinho a embarcar naquela aventura de um jeito ou de outro. Senão...

– Senão o quê?

– Ela só me dará carona se você for!

Viajar escondido dos pais, na companhia daquele irresponsável já era tenso... Agora, obrigado pela hippie? Qual a real intenção da maluca? Os dois eram amigos há quarenta minutos! Pensa na loucura. A proposta fedia. Não entraria naquela canoa furada. Aquilo não passava de um teste. Lembrou-se da ameaça: "Se quebrar minha confiança..." Amarrotou o ingresso e lançou-o contra o piso da calçada.

Diante das circunstâncias pavorosas, só lhe restava esclarecer a verdadeira intenção do circo armado pela *hippie*, frente a frente. A depender das respostas, ela ouviria poucas e boas...

Por fim, lançou o boné para longe.

O linguarudo tentava desamassar o ingresso na coxa da perna.

13:41:16

Léo esmurrou o portão de réguas. O rosto queimava de ódio. Demoraria lá dentro o tempo suficiente para tirar a limpo aquela história inacreditável do ingresso. Precisava de tranquilidade para dormir e sossego para a alma de fã.

Só conseguia imaginar um motivo para a maluco beleza exigir a presença dele no *show* proibido: zombaria por causa da maldita votação. Nesse defeito, ela e o Gazeta se pareciam.

Na verdade, o ingresso amarrotado deveria ser falso ou outra doideira qualquer...

Apenas a necessidade do esclarecimento ainda o segurava ali. Tão logo pudesse, se trancaria no escuro do quarto para tentar esquecer aquela presepada medonha. Gente deveria ser programável, pintou chateação, comando para dormir e só despertar no dia seguinte.

Achou aquele pensamento inútil. Espiou por cima da mureta: a casa lhe pareceu ainda mais esquisita.

Gazetinha chamou-lhe a atenção para a tabuleta pendurada num prego:

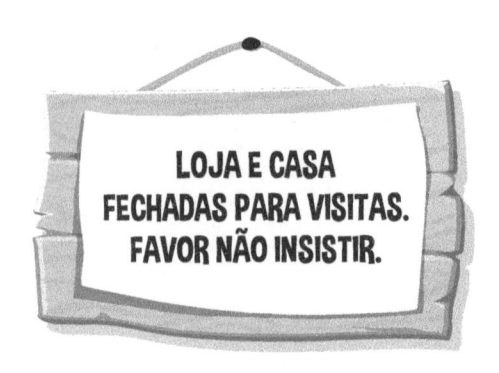

LOJA E CASA FECHADAS PARA VISITAS. FAVOR NÃO INSISTIR.

Franziu o nariz, enfiou o braço por cima da mureta, remexeu a taramela metálica do lado de dentro. Por fim, o portão rangente exibiu a calçada coberta de retalhos de azulejos amarelos que dividia o jardim. Todas as portas e janelas visíveis fechadas, inclusive as cortinas. Para deixar o troço sinistro, o vento frio varreu as folhas caídas na tal calçada, enquanto, aos sussurros, quase dizia: *Entrem!*

Os dois se entreolharam.

Léo o empurrou para dentro.

– Véio! Não devíamos entrar sem o consentimento da dona da casa.

Em vez de rebater, refletia sobre a falta de manifestação da moradora, quando um dos pensamentos escapou em voz alta:

– Só se ela desmaiou!

O amigo levantou uma das sobrancelhas, tal qual pedisse explicação.

Caramba! Se estivesse certo, não seria possível tirar a comédia a limpo por hora. Diacho de vida! E meu sono? Apertou o encontro dos olhos antes de explicar o distúrbio da coitada.

– Desde quando pessoas desmaiadas deixam avisos no muro? Mais cedo, ela me pareceu bastante saudável. Essa teoria é desculpa de quem amarelou.

Léo rangeu os dentes.

Som abafado de batidas.

Outra rajada forte de vento fechou o portão. Talvez a ventania fria explicasse a casa fechada.

As batidas abafadas se repetiram.

Os dois olharam em volta. Assombração?

Instantes depois, Léo apontou o possível local de onde as batidas se originavam: numa pequena janela do sótão, ela mostrou o rosto esguio entre os cabelos grisalhos. Por alguns segundos, fitou os dois. Não parecia nada feliz.

Nisso, flagrou Gazetinha gesticular para ela e explodiu:

– Estão de tramoia mesmo. Para mim já deu. Fui! – Caminhou na direção da rua.

Numa manobra rápida, Gazetinha fechou a passagem para o portão.

Os dois começaram a medir forças. Chiados, gemidos, respirações alteradas. Quase lutavam...

De repente, Gazetinha encerrou a contraofensiva para petrificar o rosto na direção da casa.

Léo voltou a atenção para a janelinha, agora aberta.

Um trovão ecoou:

– Sobrinho, não se atreva a sair!

Arriou os ombros. Deixou um jato de ar escapulir entre os lábios.

Arquejante, Gazeta ora o encarava, ora olhava para a casa.

Nisso, a vidraça foi fechada numa pancada.

Não entendeu nada.

Pelo menos, o princípio de luta foi bom para descarregar a tensão.

Passou a observar o jardim cheio de plantas exóticas enquanto esperava a tia reaparecer em outro ponto da fachada. A casa construída de rejeitos o fez lembrar o costumeiro discurso dela: transformar lixo em mercadorias úteis salvará o nosso planeta. Nada se perdia, tudo se reciclava... Até o apelido foi reaproveitado: Mika Recicla, Mika Replica, Mika Repilica.

A demora deixou o silêncio cansativo.

Andou alguns passos para xeretar, através da vidraça da porta secundária, os produtos à venda: cestos feitos de pneus, lustres de latas de óleo, móveis de ferro velho, esculturas de sucatas de parafusos, tapetes de sacarias de algodão...

Gazetinha também colou a cara no vidro e o encarou de sobrancelhas elevadas.

Léo sussurrou:

– Reciclar é a salvação da humanidade!

O infeliz se limitou a franzir o nariz. Pelo jeito, não entendeu o apelo ecológico do negócio.

Daí, sorriu pela primeira vez naquele dia, antes de sussurrar a acusação:

– Vocês dois querem se divertir à minha custa, não é? Pode falar!

Gazetinha negou. Nas palavras dele, o ingresso era verdadeiro, a proposta quente, a história real. Se não queria aproveitar a oportunidade, o problema era dele também, afinal, perderia a carona.

Ela gritou os nomes dos dois.

Léo puxou o medroso pela gola da camiseta. Desejava esclarecer aquela história maluca o quanto antes... Empurrou a porta entreaberta e entrou a passos curtos.

A música *Paint it Black* do *Rolling Stones* começou a tocar. De tanto ouvir *rock* ali, tomou gosto pelo estilo.

A sala cheirava a incenso. Pelas paredes, pendiam as mesmas charges da Mafalda, do Henfil, da Pantera Cor de Rosa, capas de discos, pôsteres de bandas de *rock* famosas. Nas estantes, viam-se estatuetas gorduchas, pequenos elefantes brancos, bruxinhas, livros, relógios de areia, máscaras de *Carnaval*... Pelo piso, tapetes e almofadas.

Gazetinha babava igual a primo pobre do interior.

Nisso, a dona da casa surgiu aos poucos na escada em espiral nascida do teto. O corpo magro se contorcia dentro da túnica indiana escura. Exibia o semblante de vilã de gibi. Afinal de contas, qual a causa do piti? Invasão da casa? Sempre entrou ali sem se anunciar...

Os dois se entreolharam sem virar os rostos.

Misteriosa, contornou as visitas sem dizer sequer um "olá!", trancou a porta e depositou o molho de chaves sobre o aparador, cujo tilintar metálico lembrava um chocalho. A seguir, abanou o dedo em riste.

Léo tentou imaginar um motivo para ela trancar a porta. Nunca fazia isso. Sempre deixava tudo aberto para permitir a circulação de bons fluídos cósmicos.

Ela inaugurou a fala sobre o fato de a casa ser um local de paz, tranquilidade e harmonia. O último degrau para o Nirvana. Procurava ficar *zen* ali. Quase nada a tirava do sério. Alterou o tom no fim:

– Exceto: gente atrevida!

O estômago gelou.

Encarou um e outro:

– Não sabem ler? Coloquei um aviso lá fora!

Léo enterrou o pescoço entre os ombros.

Gazetinha arregalou os olhos, talvez, quisesse ralhar: Te avisei, seu analfabeto!

Outro trovão:

– Posso saber por que a minha sagrada meditação foi interrompida?

Para confirmar a impressão de casa mal-assombrada, o volume da música *Paint it Black* aumentou ao máximo, bem no refrão:

"Hmm, hmm, hmm, hmm..."

Mikaela apertou as pálpebras até virar japonesa, enquanto batia os pés contra o piso no ritmo da marcação do baterista. Os penduricalhos, presos às paredes irregulares da sala, tremiam. Devia ter suspeitado do bendito momento relax. Foi mal-educado. Melhor esquecer aquela droga de ingresso. Decidiu ir embora. Recuou, girou a maçaneta, esqueceu que a porta fora trancada.

Gazetinha apertou-lhe o braço num claro sinal de aflição.

O volume da música aumentou.

13:20:00

    Tal qual dizia a letra da canção que a tia cantava numa pronúncia *enrolation* de dar medo, desejou pintar a vida de preto, a cor da indignação. Ao contrário de acompanhá-la, só uma desrevoltante noite de sono evitaria a fúria da leoa-mãe, além das outras complicações. Na manhã seguinte, os *Stones* seriam página virada, notícia velha.

    Para vencer a angústia, bastava dormir. Para tanto, precisava passar por aquela maldita porta. Ou isso, ou... Fugir pela escadinha em espiral. De lá, arriscar o salto de quatro metros da janela do sótão para o jardim. Podia dar certo, podia também quebrar as pernas, ficar tetraplégico ou morrer. De todo jeito, urgia voltar para o doce lar.

    O volume da música diminuiu em cascata.

    Ela parou de cantar.

    Gazetinha largou seu braço.

    Uma vez livre, avançou e a encarou.

    Ela revelou o truque do volume fantasmagórico do aparelho de som ao depositar o controle remoto sobre o aparador. Um a zero para a espertalhona.

    Recuou meio passo na direção da porta.

    Gazeta fez o mesmo.

    – Quero ir embora.

    A tia reconfigurou os vincos do rosto para a selvageria.

    O X9 falou:

    – Ficou bravo quando contei que só ganharia a carona se ele fosse ao *show* conosco.

    A face ossuda da dona da casa tornou-se saliente.

    – Esse drama todo por que entramos sem permissão no seu quintal? Ficou louca?

— Nada disso! Quero resolver a questão do ingresso! Imaginei-o aos pulos de alegria. No entanto, me aparece aqui, de cara feia. Seu mal-agradecido. O sujeito iria vender para outra pessoa.

Mirou o amigo, pois parte da história acabava de desmoronar: nunca houve *chegado* doente ou carrão vermelho. Não dava para confiar no cretino.

Revelou saber da tal votação idiota, onde os pais decidiriam se ele iria ou não ao *show*. Criticou o rompante ditatorial materno. Por fim, defendeu a tese: filhos são feitos para voar.

Fácil falar, difícil é combinar isso com a fera chamada Ângela.

Preferiu peitar Gazetinha por causa da mentira. O imbecil argumentou que se contasse a verdade, sem chance de ele topar a aventura.

— Então, vocês têm um plano? — Encarou os dois. — O meu pai está metido nessa tramoia?

— Tá louco! Ângela mataria o coitado. — Mika riu.

— Eis a questão. A senhora bem sabe, quando a mandona proíbe, acabou! Não contem comigo.

Ela repetiu a ladainha doméstica sobre a inconveniência de assistir ao *show* na companhia dos amigos inconsequentes da escola. Tipo o Gazetinha, por exemplo. Contudo, no lugar da cunhada general, ela o levaria. Aliás, esta era a proposta ao oferecer o malfadado ingresso: ser a acompanhante adulta num *show* imperdível.

Gazetinha abriu os braços, tal fosse protestar por ter sido chamado de inconsequente.

— Aí! Vai querer a entrada ou não, sobrinho querido?

Léo ciscou o piso. Não podia desobedecer à mãe. O castigo viria em dobro. Sair na correria, sem planejamento. Receita do azar.

Ela limpou a garganta. Decerto, lia a negativa no silêncio.

Gazetinha bancava o retardado.

Tornou a realizar o movimento estúpido de forçar a maçaneta. Aí, ela se aproximou, curvou o tronco:

— Posso destrancar a porta, mas, garanto, continuará preso!

Mordeu o lábio inferior.

— Saia do óbvio. Pense fora da caixinha, Leonardo. Nada é absoluto! Viver é muito mais do que obedecer a regras, estudar, trabalhar...

As raízes dos cabelos voltaram a coçar. Caramba! Filhos precisam obedecer aos pais. O contrário é loucura! Lembrou-se da discussão estrondosa do começo da manhã. Pensou na oportunidade de provar o amadurecimento naquele fim de semana. Agora, a doida mandava fazer o inverso...

— Vamos! Depois a gente resolve a zebra! — O carinha queria assistir aos *Stones* de qualquer jeito.

Mikaela amenizou o tom para falar que aquele *show* era a realização de um grande sonho. Por fim, frisou:

— Sonhos não realizados podem nos assombrar pelo resto da vida. Pior é o arrependimento na velhice. — Pulou sobre a mesinha de centro e, de braços elevados, gritou:

— A vida acontece agora!

Rebateu:

— Nem se quisesse! Após a proibição, de raiva, o retardado gastou toda a grana à toa. E o preço de segundo lote era um assalto.

Ela desceu da mesinha a sugerir a quebra do porquinho de barro.

Putz! O seu cofrinho não era tão secreto como imaginava.

Aí, foi a vez de o infeliz sugerir outra solução.

Diante da proposta de empréstimo, ela fez aquela cara feia de quem bateu o joelho na quina da porta. Alegou não poder bancar por causa da grana curta. O ramo da reciclagem não fosse tão lucrativo. E o vendedor voltaria às 18h.

— Cacilda, véio! Isso é daqui a uma hora!

Um desconforto esquisito subiu pelas pernas. Sem querer, se imaginava de novo no meio da multidão, abraçado a Sol, próximo ao palco gigante. Afinal. Aquele era sim o *show* da vida... Entretanto, valia o risco do mega castigo materno? Maldita tentação!

Nisso, a voz da tia o acordou do transe:

— E aí! Preferirá ser assombrado pelo resto da vida pelo arrependimento?

Pressionou os lábios. Não era só a falta de grana. Uma leoazinha linda bloqueava o caminho...

Ela levantou a dúvida do motivo do irmão não ter levado a família inteira ao *show*. Assim, resolveria a confusão toda.

Léo preferiu não render assunto. Achou os pais muito esquisitos nos últimos dias. A melhor opção era voltar para casa, dormir, para só acordar na manhã seguinte. Novo dia, novas aventuras, novas possibilidades, vida que segue...

Foi quando ela gritou:

— Eureca! Eles só voltarão amanhã cedo!

— Ah! Já falei isso para o teimoso! Nem quis me ouvir.

Droga! Os dois não conseguiam entender que sua desobediência produziria em tempestade. Massageou a testa.

Mika indagou sobre as falas do Arthur na despedida.

Entrelaçou as mãos atrás da nuca e recontou nos dedos a tal lista de regras. A parente maluca não se referia àquela besteira. Então, repetiu a frase:

– Não faça nada de errado que eu não faria...

– Aí! Sabia! Leia o subtexto, sobrinho! – Voltou a subir na mesinha de centro – Da parte do meu mano, você está liberado. Conheço-o há quase cinquenta anos. Pode cometer esse errinho sem medo! Na prática, te mandou ir! Uau! Oba! Vamos nos divertir baldes! – Passou a dançar.

Incrédulo, observou de rabo de olho aquele espetáculo de alegria. De certa forma, o ponto de vista fazia sentido. Durante e após a maldita votação, recebeu apoio total do pai. Inclusive, chegou a sugerir o desempate no sorteio... Contudo, escorreu as mãos pelo rosto e gritou bem forte:

– Gente! Não irei e ponto! Me esqueçam!

Os dois se entreolharam interrogativos.

Ela desceu para o piso em câmera lenta e, num arranque, empurrou o sobrinho contra a porta. Encarou-o. Os olhos lembravam dois punhais.

O ruivo bancava o fiel escudeiro. Idiota! Traía o amigo para ganhar uma simples carona.

– Se eu for, a leoa-mãe me mata!

– Errado! Se não for, eu te mato, teimoso de uma figa!

Passou a respirar rápido. Nunca a vira ralhar daquela forma.

Até o Gazeta prometeu lhe chutar o traseiro sem dó, se perdesse os *Stones*.

Amoleceu o corpo com o susto.

Da parte dos agressores, caras feias, rosnados e respirações rápidas.

Após um tempo, foi liberado. No entanto, as caras feias persistiram.

– Por que a senhora quer tanto a minha companhia?

– É mesmo! Vamos só a gente e pronto!

Um novo abismo abriu-se na conversa.

A mulher prendeu a atenção num ponto fixo do teto, andou alguns passos, escancarou a porta, pôs Gazetinha para fora, em seguida, girou o trinco e amarrou a cara.

Qual o motivo de tanta tensão?

– É o seguinte, sobrinho querido: reencontrarei uma pessoa muito especial no *show*.

Léo girou o rosto tipo um cãozinho confuso.

Explicou tratar-se do primeiro namorado, responsável por momentos felizes da adolescência. De repente, o rapaz mudou com a família para o sul do país. Restou uma história de amor mal resolvida e o tormento da saudade.

Lembrou-se da Isidora, da Lívia, os seus ex-amores do passado. O peito doeu. Não era nada fácil gostar de alguém e ficar separado pela distância. Na sequência, tentou entender onde se encaixava naquela maluquice.

Nisso, ela falou feito um zumbi:

— Redescobri-o no seu *Facebook!*

Léo apontou para si. A pele do rosto se esticou sozinha e o cérebro entrou em parafuso. No meu perfil? Impossível! Não tinha amigos adultos. A leoa-mãe não permitia, por medo dos pedófilos. É neurótico, mas, a banda tocava assim em casa... Massageava a testa a digerir o absurdo, quando a ela voltou a falar.

— Reconheci-o por acaso numa foto compartilhada por uma de suas amigas virtuais. Fuxiquei. Investiguei. A menina é filha dele. Moram na cidade. Está viúvo agora. Pulei de alegria.

Tentou se lembrar de alguma amiga sem mãe. Ninguém lhe veio à memória. Todas tinham famílias completas. Coçou os cabelos. A coitada batia pino. Daí, os desmaios?

Nisso, flagrou o bisbilhoteiro de rosto colado no vidro da janela. Por certo, tentava ouvir a conversa. E achava o apelido ruim.

Ela agarrou o seu braço:

— E você é a peça chave do meu plano...

Eu? Tornou a sentir a pele do rosto se esticar e os olhos se arregalarem.

— Transformará um reencontro planejado em casual. Já não tenho a cara dura e nem coragem suficiente para se aproximar.

— Ele irá ao *show*?

Confirmou ter certeza absoluta. O Gegê era fã tatuado dos *Stones* e levaria a filha junto. No fim, reconfigurou as linhas do rosto para o de vilã de gibi e acendeu o pavio da bomba atômica:

— Topa ser meu cupido?

A musculatura do rosto travou. O suor frio tomou conta das costas. A leoa-mãe não iria gostar daquela proposta maluca, nem aqui, nem na China. Aliás, não gostava de nada contrário aos seus caprichos. Maldita sinuca! A solução, fugir bem rápido.

Uma mulher apaixonada o encarava de pálpebras trêmulas.

13:07:09

Caramba! De qual amiga do *Facebook* a louca se referia?

Planejava dizer outro sonoro não antes de aproveitar a porta destrancada. Adiou a fala, a fuga, quando o Gazetinha bateu no vidro da janela.

A tia voltou a segurar seu braço.

Putz! Se fingisse desmaiar, ela o soltaria?

Ela espiou o atrevido de cabelos vermelhos, que do quintal, gesticulava desesperado.

Por fim, a porta foi aberta.

Mal entrou, o sujeitinho despejou a pergunta:

– E aí? Ele aceitou?

A resposta foi um gesto negativo. Na sequência, fechou a porta e soltou o sobrinho.

– Posso convencê-lo.

Teve vontade de voar para cima do traidor.

O moleque abriu os braços e anunciou a arma secreta:

– Usaremos o argumento do amor!

Léo engasgou. Carinha ordinário.

A doida remexeu os lábios, mirou um, mirou o outro.

Daí, o X9 entregou a paixão dele por uma menina do bairro vizinho. Inclusive, contou o detalhe de já ter feito a advertência sobre a bobeira de namorar tão novo. Arrematou:

– Meninos apaixonados são meninos derrotados.

Mikaela vidrou o olhar.

Gazeta concluiu:

– Basta convidá-la para vir conosco. Daí, dizemos que o Leozinho morre por ela e tal...

Léo armou o tapa, fez a mira... A tia empurrou o aliado antes do disparo.

Gazetinha resmungou que não podia perder o *show* do século.

Suava frio enquanto raciocinava: se hipoteticamente a Sol fosse no mesmo carro, fariam amizade, e isso, segundo o pai, tirava todo o encanto do romance. Aliás, só de fazerem a ligação, produziriam um desastre, pois a paquera perderia o efeito surpresa. Ou seja: pra lá de trágica a proposta. Faltava a hippie topar a loucura.

Aí, para evitar o fiasco amoroso, restava-lhe a obrigação heroica de embarcar na aventura em troca de não recorrerem àquele golpe baixo. Caramba! Carambola!

– Quem é a menina?

– Chama-se Solange! Ou Sol para os íntimos.

A tia entrelaçou os dedos.

Léo achou aquela reação muito estranha.

O X9 voltou a falar, agora num tom sarcástico sobre a possibilidade de rolar uns beijinhos e abraços pelo caminho.

As mãos coçaram de vontade de apertar o pescoço do ordinário.

Entretanto, o estômago embrulhou mesmo ao perceber a maluca repetir o nome da amada, tipo mantra de meditação. Na sequência, ligou o celular, correu os dedos na tela. Parecia em transe. Qual o problema afinal?

Aí, a mente se iluminou: a amiga misteriosa da rede social, filha do amor mal resolvido do passado só podia ser a... Não! O convite maluco não podia ser feito! A boca se abriu sozinha. Sacou também o celular do *jeans*. Na afobação, quase deixou o aparelho cair. Abriu a galeria de imagens, correu os dedos na tela em busca de uma foto especial.

A tia fazia algo parecido no telefone dela. Pareciam jogar *online*.

Gazetinha olhava para os dois com jeito de sonso.

Léo exibiu, na tela, a foto de uma menina morena, cabelos curtos, olhos verdes amendoados, rosto de bebê.

Mikaela espiou a imagem e de novo fez cara de quem havia acabado de arrebentar a ponta do dedão do pé numa pedra.

Bagunçou os cabelos para tentar acordar do pesadelo e arriscou a dedução:

– Aí, a senhora pode se tornar a minha sogra...

Ela encolheu o pescoço entre os ombros e sorriu à *Monalisa*.

Colou as costas na porta. Aquela situação não podia ser real. Era muita coincidência.

Gazetinha mexeu os lábios, talvez fosse perguntar algo, todavia, limitou-se a balançar o dedo em riste.

A tia enroscou os braços em torno de si e sorriu feito adolescente apaixonada.

Léo sussurrou:

– Alguém me belisca, por favor!

Gazeta cumpriu a gentileza no lado esquerdo das costelas.

– Idiota! É só jeito de falar.

O safado mostrou os dentes.

Ela seguia no mundo da lua.

Aquele plano maluco tinha tudo para dá errado. Preferia obedecer à leoamãe. Porém, o caso agora envolvia a Sol. Deus! Quanta complicação.

A mulher apaixonada mudou as feições. Decerto, enxergou no semblante do sobrinho a reposta negativa para a sua proposta, pois o aconselhou:

– Enfrente os desafios do caminho, viver é caminhar!

Tornou a paralisar os músculos enquanto o cérebro doía. Não rolaria bancar o cupido, nem viajar na pressão do cronômetro. Se topasse aquela loucura, colecionaria problemas. Imagina, ter Mika como sogra. No mínimo, torraria as chances do namoro antes de começar... Por outro lado, já havia chegado a hora de dar os próprios passos. Hesitou. Mordeu a ponta do dedo enquanto decidia se ficava ou vivia a caminhada.

Os dois se aproximaram, ameaçadores.

Por fim, resolveu tentar a sorte...

12:44:00

Léo se jogou no piso do quarto, agarrou o porquinho de cerâmica, enquanto pensava num jeito de quebrá-lo sem fazer bagunça.

Gazetinha sentou-se próximo e insistiu no mesmo assunto do caminho onde questionava a loucura de ele rifar a decisão da viagem.

– Como assim?

Rompeu o silêncio para expor o dilema: desobedecia a leoa-mãe? Aceitava a aventura de desafiar o cronômetro do pai? Perdia a chance de provar o amadurecimento? Permitia o convite idiota? Corria o risco de a Solange conhecer outro garoto no *show*? Achou melhor testar a sorte. Se conseguisse o dinheiro até as seis, iria...

– Ei! Arrebente essa merda de porquinho. Faltam 43 minutos para o fim do prazo. Dona Mika irá sem a gente. Sorte é desculpa dos fracos!

Léo rosnou de brincadeira. De fato, os *Stones* não esperariam pelo resto da vida. O cofrinho em forma de porco foi lançado contra o batente da porta. Voaram moedas, cédulas dobradas e cacos cerâmicos para todos os lados.

No fim da contagem, se entreolharam.

– Quanto apurou aí, Gazeta?

– Só cento e vinte e oito pratas!

– Putz!

Contou novamente...

– Não dá! Não dá! Azar total! – Esmurrou o piso. O abdômen tremeu. Onde arranjaria o restante? Como? Confiou nas economias e se deu mal. Abraçou a nuca. Fitou as manchas do teto.

O companheiro enterrou as mãos na cabeleira vermelha.

A Sol iria ao *show* e ele não tinha a grana para comprar o último ingresso... Pior! O lance entre ele e a menina dos sonhos caminhava para tragédia.

Gazetinha ora sambava, ora sapateava, ou executava os dois passos ao mesmo tempo. Fora de contexto, fuxicou se a tia estava interessada no pai da Solange.

Abanou a cabeça concorde.

O cretino passou a cantarolar o refrão de um rock antigo:

– *Oh, crianças! Isso é só o fim! Isso é só o fim!*

Suplicou-lhe algum troco para inteirar o valor do ingresso. Ofereceu a Sofia em garantia do empréstimo. Prometeu pagar em suaves prestações...

O idiota parou de cantar para confessar ter só trinta e pouco no bolso, dinheirinho reservado para bancar o lanche da decepção. Pois sobraria junto, com certeza, a Dona Mika não o levaria. Havia lógica na argumentação: uma senhora e uma criança, sozinhos, nem parentes eram, poderia dar até boletim de ocorrência na polícia.

Léo sugeriu:

– Ligue para os seus outros amigos!

O carinha apenas resmungou.

Ideia tola! Todo mundo já havia ido. Faltavam menos de cinco horas para o *Rolling Stones* subir no palco. Parecia muito, contudo, se computasse o tempo perdido no deslocamento, nos previsíveis engarrafamentos do pedágio e nas proximidades do recinto do *show*, a coisa se complicava... Só loucos deixariam para sair de última hora.

– Pense em algo. Você diz ter solução para tudo! Eis o momento de mostrar o talento.

– Quando o assunto é dinheiro não dá para fazer mágica. – Grunhiu.

Fez a conta de cabeça: precisavam de cento e oitenta e duas pratas, fora o refrigerante e o cachorro quente da Sol. Qualquer paquerador reservaria a grana do lanche da futura namorada.

Gazetinha enlaçou os joelhos e voltou a resmungar palavras incompreensíveis.

Droga de vida! O sonho não podia simplesmente morrer. Devia haver algum jeito de arrumar o dinheiro! Estapeou as bochechas.

Por fim, aconselhou o amigo a explicar o fiasco. Ela o levaria sim. Fez apenas pressão. Ficaria bem, na companhia das mágoas e do sonho não realizado...

– Ou vamos juntos, ou ficarei aqui com você. Não desista, cara!

Os dois se abraçaram.

O dilema continuava: onde descolaria tanta grana em... No relógio de pulso, faltavam vinte e oito minutos para as seis.

Gazetinha desfez o abraço para sugerir a venda da Sofia.

Sofia? A minha bike de alumínio, superequipada, câmbio de vinte e sete velocidades, freio hidráulico a disco, rodas aro 29, farol de led, amortecedor dianteiro de *responsa*... Nem o *Rolling Stones* valia tanto. Verbalizou a contrariedade.

O sujeitinho enterrou os dedos nos cabelos e voltou a cantarolar o mesmo refrão estúpido:

– *Oh, crianças! Isso é só o fim! Isso é só o fim!*

Tapou os ouvidos para não perder a concentração. Precisava bolar algo.

Nisso, no início do corredor, surgiu a gata de estimação da casa, branca, peluda, a cauda igual à de um tamanduá bandeira.

Gazeta apontou-a com os dois braços:

– Ei! Ei! É isso!

Léo vidrou o olhar.

– Venda a gata! Garotos criam cachorros, camaleões, dragões de Komodo, tiranossauros rex...

Baixou a cabeça. Eis outro patrimônio invendável. Presente do pai. E a Sol gostava de gatos. Sempre postava fotos de bichanos na rede. Retorceu o nariz.

– Acorda, véio! Onde arrumará essa grana em pouco menos de trinta minutos?

Tornou a enfileirar os dedos contra os lábios enquanto avaliava as questões: gostava da gata, amava os *Rolling Stones*, amava a Sol. No entanto, os pais descobririam cedo ou tarde o destino de Estrela. De cara, reparariam o sumiço do cofrinho, cujo conteúdo, sabiam, reservava para a compra do videogame anunciado na TV. Mordeu quase todos os dedos: tentava vender Estrela ou não? Espiou o relógio de pulso e a velocidade do ponteiro de segundos só aumentou seu nervosismo.

Agarrou o bendito bicho de estimação e saiu a passos largos... De tão afoito, quase caiu ao pisar nos cacos cerâmicos espalhados no piso. Insistiria na busca da sorte até o último segundo.

Esconder os restos mortais do porquinho ficaria para depois...

12:29:20

O lençol vermelho de nuvens desmanchava nas bordas, à medida que a noite tomava o trono do dia.

Num salto, entrou na loja de *Pets*, perto de casa, para tentar vender Estrela. Se fosse sortudo, descobriria logo. Senão, restaria dizer adeus ao sonho de assistir ao *Rolling Stones* ao vivo, torcer para a Sol não arrumar namorado no meio do público e mergulhar as mágoas no escuro do quarto. Aí, ao invés de dormir, talvez, gritasse, chorasse, enlouquecesse... Quem se importaria? Curtiria o pior ou o último fim de semana da vida e ponto...

Gazetinha entrou junto.

O dono da loja alisava o bigode enquanto alternava a atenção entre os dois fregueses. O lugar cheirava a desinfetante barato.

Arquejava em vez de dizer *"olá!"*.

Gazetinha cutucou-lhe as costelas sem motivo aparente. Decerto, tinha pressa ou o fazia por puro nervosismo.

O homem quebrou o gelo:

– Posso ajudar?

Léo exibiu a mercadoria felpuda na altura do rosto antes de fazer a oferta de venda.

O sujeito se apoiou na borda do balcão, franziu a testa e sacou várias perguntas do tipo: a gata é sua? Ou apareceu no seu quintal? Ou achou-a na rua?

Limitou-se a responder com monossílabos.

O interrogatório encerrou quando Gazetinha soltou a pérola:

– Nenhuma das opções, tio. Foi presente do pai.

Pisou no pé do língua solta, que se contorceu de dor.

O cara de *buldogue* sorria enquanto balançava a cabeça igual lagartixa de parede. Para piorar, olhou esquisito para os dois potenciais fregueses.

Diga alguma coisa, moço. O nosso tempo está curtíssimo! Suplicou em pensamento. Quis parecer calmo, no entanto, a linha de suor na lateral esquerda do rosto derretia a confiança.

Gazeta, por certo, ainda se recuperava da dor do pisão. Bem feito para aprender a pensar antes de falar. Ou melhor, pensar e se calar.

O cara de cachorro enforcou o sorriso para revelar o absurdo: imaginou tratar-se de assalto, tamanho o nervosismo que os dois exibiram ao invadir a loja.

Entreolharam-se.

Agora tinham caras de ladrões?

Aí, o homem encaixou a pergunta das perguntas:

– O Arthur sabe da venda?

Caramba! Carambola! O coroa conhece meu pai! Ao se dar conta da dedução idiota, tapou a boca.

O companheiro de aventura arregalou os olhos.

O lojista fez boca de riso. Em seguida, numa voz meiga, acrescentou o detalhe zombeteiro de se lembrar muito bem de quando vendeu a gata como presente para um filho muito querido.

De tão constrangido, fez menção de sair. Achou a maior mancada entrar logo na loja onde Estrela fora comprada. Falta de sorte do cão. Aliás, jogada de sorte da gata.

Gazetinha bloqueou a saída.

Léo choramingou:

– O sujeito conhece o meu velho pelo nome. Eis o sinal definitivo do absoluto azar!

O sujeitinho sussurrou a ladainha da importância dos *Stones* na vida dele. Por fim, o humilhou:

– Não vá se borrar agora. Insista! Esqueceu a Sol?

O homem limpou a garganta. Sugeriu voltarem na segunda, já ia fechar.

Léo o olhou de banda e só conseguiu gaguejar ruídos. Espiou o relógio de parede: faltavam dez para as seis. Caramba! Depositou a gata sobre o balcão, respirou fundo:

– Quero quinhentos por ela!

O possível comprador gargalhou.

Os dois se entreolharam interrogativos.

A crise de risos foi interrompida para encaixar a explicação:

– Desculpem. Não pude perder a piada pronta de comprar um presente pela metade do valor de mercado! Tem algo muito errado nessa proposta. Posso ligar para seu Arthur? Para Dona Ângela? Tipo, para pedir autorização?

Léo coçou os cabelos e sapateou.

– Qual o problema, garoto? – O homem estatelou os olhos.

Explicou o fato dos pais incomunicáveis na vigília de Saint Patrick até a manhã do dia seguinte.

O dono da loja gargalhou de novo por achar incrível o fato de quatro adultos deixarem os dois filhos adolescentes sozinhos no fim de semana e sequer levarem os celulares... Aquela conduta beirava a demência.

Desaforado duma figa! Arrastou as mãos pelas laterais do rosto, o tempo passava e os argumentos não funcionavam.

Nisso, o comerciante exigiu a explicação do motivo desesperado para vender uma gata tão bem cuidada. Enquanto esperava a resposta, sacou o celular do bolso da camisa, teclou a tela tipo quem escrevia em alguma rede social.

Gazetinha começou a sambar.

Léo esfregou um joelho no outro. A coisa caminhava para a tragédia.

No segundo seguinte, pensou melhor: se queria tanto saber o motivo da venda, talvez desejasse comprar a gata... Por fim, falou:

– É segredo, tio!

O homem alisou o bigode, olhou para o alto. Decerto especulasse sobre menores sozinhos em casa, necessitados de dinheiro. Então, condicionou a continuidade da conversa à explicação da finalidade da grana.

Gazetinha usou todos os dedos para montar um cone sobre os lábios. Ou seja, se preparava para dizer mais besteiras.

Léo pisou no pé do infeliz, só por precaução.

O coitado fez a cara feia de quem sentiu uma dor bem doída.

Enquanto isso, a gata desfilava sobre o balcão.

O celular do sujeito apitou, com certeza, avisava a chegada de mensagem. Ele esticou o braço para conferir tela, já não devia enxergar tão bem. Soltou as perguntas:

– Comprarão bebidas alcoólicas? Cigarros?

Os dois se entreolharam de novo.

Agora tinham cara de delinquentes juvenis? Abanou as mãos em sinal negativo.

– Bobagem! Bobagem! Se é segredo, não me interessa.

Léo sorriu. Mas, a alegria durou pouco.

O homem esclareceu a decisão de não comprar nada deles sem autorização dos pais. Além disso, faria questão de noticiar aquela visita para o Arthur na próxima oportunidade.

Estremecido, veio aquela vontade louca de usar o banheiro. Tentou se imaginar no *show*, ao lado da Sol... Sonho bobo. Ela, talvez, nem o enxergasse.

Agora, de um jeito ou de outro, encrenca armada; logo, o pai saberia da tentativa frustrada de vender Estrela, a leoa-mãe perceberia a falta do porquinho, os dois ligariam os fatos à paixão pelo *Rolling Stones*. Pronto, melhor desistir daquela aventura maluca, enquanto ainda podia sofrer castigo menor.

Gazetinha o puxou pelo ombro e implorou para que contasse logo toda a verdade. Afinal, já estavam na bacia das almas. Perdido por um, perdido por mil! Resumiu:

– Manda ver, cara!

Léo mordeu o lábio.

O homem saiu de trás do balcão. Bem provável, dava o assunto por encerrado.

Indeciso, tornou a encarar Gazetinha.

Este franziu a testa, apontou o relógio de parede em formato de cachorro e fez a mímica do atacante na boca do garrafão pronto para arremessar na cesta uma bola de três pontos...

– Tio, o senhor venceu!

O lojista girou as mãos num claro pedido para Léo continuar a fala.

– O dinheiro é para comprar um ingresso para o *show* do *Rolling Stones*! A nossa condução sairá daqui a exatos seis minutos. Se não, fim do jogo, fim do sonho!

O silêncio seguinte fez o mundo parar.

O comerciante passeou a ponta da língua entre os lábios. Coçou a ponta do queixo. Perguntou se o ingresso custava a fortuna de quinhentas pratas.

Aí, perdeu o tempo da pisada no pé do amigo língua solta e este entregou o valor da merreca faltante... O jeito foi aplicar uma cotovelada certeira nas costelas do infeliz.

– Acaba de ferrar o negócio. Revelou a nossa real necessidade de dinheiro. Agora o coroa mandará a contraoferta na terra.

O homem riu. Em seguida, contou que, na idade deles, ficou fissurado para assistir ao *show* da banda *Renato e seus Blue Caps*. A mãe proibiu, ele obedeceu. Não se faz meninos bons como antigamente.

Diante daquele discurso, Léo coletou a gata e fez menção de sair.

Nisso, o inacreditável lamento ecoou:

– Devia ter ido! Arrependimentos são as piores assombrações da velhice.

Aí, suplicou-lhe que comprasse a gata para ajudar dois adolescentes desesperados.

— O problema é a Dona Ângela... A fera sabe do *show* e da venda do *pet*? — Ele retomou a gata.

Gazetinha estapeou o próprio rosto.

Léo andou em círculo, bateu os pés contra o piso, enquanto, ora coçava o queixo, ora coçava atrás das orelhas. Caramba! A leoa-mãe atemorizava a vizinhança inteira. O *show* estava perdido.

O homem, decerto, se compadeceu dos dois garotos:

— Sou adulto. Logo, penso adiante, nos prós, nos contras, nas consequências, no valor do possível lucro ou prejuízo das escolhas... Ganhar idade, experiência, é o maior porre! Nunca entendi porque a gente cresce... — Passou a arrumar as mercadorias nas prateleiras. Por certo, dava a negociação por encerrada.

Gazetinha baixou a cabeça.

Enterrou os dedos nos cabelos, espiou o relógio de parede. Quase seis! Aí, resolveu atacar pelo lado da emoção:

— Ajude-nos! O senhor conhece bem o trauma de perder o *show* da banda favorita.

E gaguejou indecifrável.

— Por favor, aumente a oferta. Cento e oitenta e dois é muito baixo. Essa gata vale pelo menos mil. O senhor mesmo disse quando chegarmos.

— Enlouqueceram? Não fiz oferta alguma!

— Fará! Tá escrito na sua testa! — Léo blefou.

— Baixa? Se esse valor resolve o problema, está de bom tamanho? Veja as horas... — afagou Estrela.

Um vinco entre os lábios enfeitava o rosto sardento de Gazetinha. Até ele parecia começar a acreditar numa negociação vitoriosa nos últimos segundos.

Léo enforcou o sorriso para tornar a olhar bem para o comprador.

— Alto lá! Só comprarei o bichano se seus pais autorizarem! — Apontou o telefone preto na ponta do balcão. Nisso, espiou a tela do celular de rabo de olho e depositou a gata no piso.

Ferrou. Mesmo se conseguisse falar, a leoa-mãe jamais permitiria aquela maldita venda. Restava abandonar o sonho de comemorar o *Dia Mundial do Rock,* ao som dos *Stones,* abraçado à Sol. Cerrou os punhos, vasculhou em volta. Se pelo menos tivesse argumentos fortes para fechar a venda? Coletou o bichano e caminhou para a porta de saída. O dono da loja balançou um molho de chaves.

Sorriu. Ainda lhe restava uma última posse de bola nos momentos finais daquela partida tensa...

12:14:02

Aquele tilintar metálico criou uma ponte mental direto para a Mikaela. Talvez ela fosse a solução para o impasse. Até então, a única adulta a incentivar a ida dos dois ao *show* e ainda lhes faria companhia durante toda a aventura.

Espiou o relógio: o prazo no fim.

Antes de passar pela porta, parou, virou, fez pose de gatinho pidão e confidenciou para o comprador o trunfo de que teriam a companhia da tia. Indagou se não serviria a autorização dela. Afinal, era irmã do pai. Acrescentou:

— O senhor tem dois minutos e quarenta segundos para nos livrar da maior frustração de nossas vidas!

— Mika? A Mikaela da loja de artesanato? — O homem remexeu o bigode.

Os dois quase gritaram em uníssono:

— Sim!

— Por que não falaram antes? Se a causa envolve a Mimi, tá tudo certo. Bom, não custa confirmar esse fato novo. — Discou o aparelho telefônico na ponta do balcão, encostou o fone no ouvido, sorriu antes de cantarolar num inglês perfeito: *I can't get no satisfaction...*

Quase não acreditava naquela reviravolta. Só faltava a maluca não atender a droga da ligação. Achou melhor pensar positivo. Cruzou os dedos das duas mãos.

Já o Gazetinha pulava de alegria, igual a doido de rodoviária.

Enquanto isso, o temor se confirmava: ninguém atendia no outro lado da linha. Rangeu os dentes. Espiou o relógio de parede sem piscar, faltavam: 50 segundos, 40 segundos, 30 segundos... 20 segundos... Deus! Acabou o prazo!

O homem parou de cantar, mudou o semblante para a tragédia:

— Danou-se! A Mimi não atende.

A notícia doeu debaixo das costelas. Vender Estrela por aquela mixaria, talvez fosse sim sinal de bruto azar... Enfeixou as veias do pescoço. O jeito era voltar para casa. Lá, gritaria no escuro do quarto, esmurraria as paredes a se lamentar por perder o *show* e a oportunidade de se encontrar com a Sol. Talvez morresse de madrugada, consumido pelos sonhos não realizados. Ca-ra-ca! Não dava para acreditar...

Sem alternativas, bateu a testa contra uma pilastra.

11:45:00

Forçou o portãozinho. Trancado.

Na ponta dos pés, esticou o corpo, jogou o braço direito por cima da mureta, destravou a taramela e entrou...

Parou no início da calçadinha amarela.

A sensação de alegria por ter conseguido a grana do ingresso se desmanchou com a visão da casa, além de fechada, às escuras. Nem sinal de viva alma. Conferiu as horas no relógio de pulso, apenas quinze minutos atrasados. Ela se foi? Será?

Chegou disposto a jogar a mochila dentro do carro e pegar a estrada. Aquela era a última chance de ver os ídolos de perto ou de paquerar a Sol. Com certeza, o Gazetinha enlouqueceria sem os Stones. A Repilica perderia o reencontro amoroso.

Para onde a doida foi afinal?

Gazeta culpou o fato de Léo buscar a mochila pelo atraso.

— Ela pegou a estrada sem a gente. Só isso!

Correu as mãos pelo rosto. Havia entrado em casa rapidinho. Trocou de roupa, pegou camiseta extra, blusa de frio, câmera fotográfica. Mais nada. Gastou dois minutos, talvez três.

O doido de cabelos vermelhos insistia no lamento, porém, já trazia a mochilinha nas costas desde quando se encontraram pela primeira vez.

A casa seguia silenciosa.

Talvez a maluca estivesse em outro momento de meditação. Vai saber... Dela podia se esperar de tudo. Tomara não tenha desmaiado por causa da demora. Nisso, indagou o amigo:

— Avisou-a sobre o dinheiro, não foi?

Gazetinha confirmou a ligação. Inclusive, revelou o detalhe da felicidade dela ao ouvir a notícia.

A aventura começaria ou não? E se a maluca desmaiou de alegria? Tentou imaginar a opinião da Sol sobre ele bancar o cupido para cima do pai dela? Caramba! O esquema colocava em risco a oportunidade de paquerar a menina dos sonhos. Sentiu-se desconfortável, o corpo pinicava aqui e ali.

Deu um empurrãozinho no companheiro e indagou se havia alguma placa do lado de fora, igual a de mais cedo.

A resposta foi negativa.

Ou seja, dessa vez estavam legais. Legais em parte, pois deveriam ter se anunciado e esperado no portão.

Bateu palmas. Gritou o nome da dona da casa.

Gazetinha assobiou alto.

Apenas o ruído do vento:

– Olá! Oi! Ei!

Os dois se entreolharam.

No fim, o cretino sussurrou:

– Fomos deixados para trás.

Massageava a lateral do rosto quando reparou, à margem da calçada amarela, o jornal da cidade dobrado dentro de um pacote plástico transparente.

Abaixou-se. A manchete de capa sobre o *show* do *Rolling Stones*, claro, se destacava. A chamada secundária exibia a foto do corpo de uma adolescente encontrada morta no aterro sanitário. Só prestou atenção na foto porque o rosto sombrio da defunta lembrava muito a Sol. Amassou o nariz. Coçou atrás das orelhas.

Já o companheiro biruta rotulou a dona da casa de desmiolada, uma vez que já era noite e ainda não tinha recolhido o jornal do dia. As notícias já ficaram velhas. Estranhou não ter visto o pacote antes. Acusou o jornaleiro de ter dormido no ponto. Aquele gostava mesmo de conversar feito vizinha chata. Em seguida, o língua solta se abaixou também para ler de carona o texto sobre o evento de *rock* e danou a soltar opiniões.

Outra vez não fez conta do falatório do amigo ruivo. Ainda pensava na incrível semelhança entre a menina morta e a Sol. Morrer deve ser muito estranho. Arrepiou-se.

De pé, Gazetinha voltava a lamentar sobre o risco de perderem o *show* com ingresso na mão.

Pensou de novo na Sol, travou os maxilares e jogou o jornal na porta da casa.

A afobação diminuiu um pouco ao dar-se conta do fato de a ela depender de seus serviços de cupido.

Nisso, Gazetinha zombou do cara de *buldogue* por ter comprado uma gata pulguenta.

Além de sem noção, era atrevido. Estrela nunca teve pulgas. Contou-lhe os detalhes da negociação: o bichano não foi vendido coisíssima nenhuma. Do nada, o homem amoleceu o coração e emprestou a grana que faltava. Sem graça com aquela bondade, cedeu-a para enfeitar a vitrine da loja e, de certa forma, garantir o empréstimo. Aliás, ficou combinado dessa forma: para leoa-mãe, alegaria uma boa ação a presença do bicho na vitrine. Se fosse o caso, o dono da *Pet Shop* confirmaria a mentirinha.

— Acordaço! Milagres acontecem, véio! Decerto, o coroa gostou das nossas fuças. Ou fez isso para agradar a Mimi... Ele suspirou quando ouviu o nome dela. O amor é idiota mesmo. — Bagunçou os cabelos vermelhos.

Léo consertou a posição das alças da mochila e desejou que a Mika aparecesse logo, pois a garota mais bonita do bairro esperava por ele. Tornou a respirar fundo. Nisso, uma sensação ruim subiu pelas pernas.

Gazetinha especulou num tom sombrio sobre a necessidade de investigarem melhor. Inclusive sugeriu a possibilidade hilária:

— Se ela se entalou na privada?

O carinha só pensava e falava bobagens mesmo.

Contudo, ela podia mesmo ter desmaiado. Se fosse isso, faria o quê? Respiração boca a boca? Credo! Esqueceu-se de perguntar tal detalhe para o pai. Falha perigosa...

Andou alguns passos, forçou a maçaneta da porta principal, destrancada. Abriu uma greta. Espiou dentro da sala. Além da calmaria, o ar cheirava a incenso. Da estante próxima, uma bruxinha piscou luzes vermelhas no lugar dos olhos enquanto gritava *welcome* num timbre metálico horrível.

Tateou a parede até encontrar o interruptor. Acendeu as luzes e entrou.

— Alô! Olá! Tem alguém aí?

De resposta, apenas o eco da própria voz.

A sala organizada. Tudo no lugar.

Os dois se entreolharam de novo. Restou o mistério, a apreensão... Pressionou os lábios.

Gazetinha bateu a testa contra o marco da porta.

Nisso, o portão rangeu.

Eis a *hippie* maluca em carne e osso, a vender boa saúde.

Suspirou. Agora só faltava tomar outra bronca por ter invadido a propriedade pela segunda vez naquele dia tenso.

Ao contrário da expectativa, ela gritou um animado "E aí, mochileiros do *rock!*". O bom humor brilhava no rosto. Caminhou pela calçada amarela aos pulinhos enquanto teclava a tela do celular. Já na metade do trajeto, guardou o aparelho no bolso. Sorria adolescente.

Léo indagou sobre o sumiço.

A estabanada comprava provisões para a viagem no mercadinho colado ao *Pet Shop*. Por pouco, não se esbarraram. Exibia novo penteado, sobrancelhas e unhas feitas.

– Estão com fome?

Lembrou-se dos sanduiches exóticos, abanou o dedo indicador para recusar a oferta.

Gazetinha sorriu amarelo. Com certeza, tivera o mesmo indigesto pensamento.

Para garantir a fama de bom pagador, sacou da mochila o pacote plástico transparente cheio de moedas e notas miúdas. Do bolso do *jeans*, puxou o resto, referente ao empréstimo de Estrela. Aquele desfecho espetacular só podia significar muita boa sorte... Enfim, o último ingresso disponível para o *show* do século tinha dono.

Mikaela informou que o vendedor resolveu buscar a grana no domingo. Melhor. Mick Jagger e companhia não esperariam por ninguém!

Esfregou as mãos para espantar o frio e a tensão. Não adiantou muito. Apesar da alegria, embarcava numa aventura de grande risco. Se a mãe sonhasse... Correu os dedos pelos cabelos até a nuca.

Ela distribuiu, entre os dois, as sacolas de compras. Em seguida, passou, coletou o jornal no batente da porta, pareceu ler por alto a manchete da capa enquanto serpenteava pela lateral esquerda da casa. Jogou o jornal dentro do fusca, modelo bem antigo. A carroceria azul desbotado repleta de flores pintadas, bem ao estilo dos anos sessenta. Presa à traseira do carro, uma carretinha em forma de baú. Talvez tivesse dois metros de cumprimento, um de largura, um de altura. A parte de cima possuía aparadores feitos de tubos. Florezinhas multicoloridas também enfeitavam o trambolho, cujo nome da lojinha de artesanato *Aquarius*, lia-se nas laterais.

Léo depositou as sacolas no piso, perto da porta da cozinha. A visão do meio de transporte não foi animadora. A grossa camada de poeira sugeria abandono. A aventura prometia ser muito louca mesmo. A droga: já experimentava a primeira pontinha de arrependimento. Outro arrepio.

Gazetinha franziu o queixo, parecia incomodado também.

Já a dona da casa, elevou os ombros, sorriu de orelha a orelha e distribuiu as tarefas de faxinar o carrinho sem a mínima cerimônia. Argumentou ter se programado para fazer a tal limpeza, entretanto a ida ao salão de beleza foi antecipada, para piorar, demorou além da conta.

Enquanto os dois trabalhavam duro, ela prometeu trocar de roupa bem rápido, guardar a grana num local seguro e acomodar os refrigerantes na caixa de isopor. Em seguida, balançou o quadril num claro passo de dança.

– Não entrem em pânico! Tenho tudo sobre controle.

Esticou o braço na direção do sobrinho. Entre os dedos, o ingresso amarrotado.

Léo o recolheu e ficou a contemplá-lo, em êxtase... Pensou num monte de coisas. Em quase todas, a Sol aparecia sorridente. A paquera havia de dar certo. Cruzou os dedos.

Por sua vez, Gazetinha retorceu os lábios, tipo quem se corroía de inveja. Não entendeu bem aquela atitude. Sujeito estranho.

A tia sumiu a cantarolar o refrão de uma música do *Queen,* cuja letra falava sobre sermos campeões.

O cretino só esperou a hippie sumir para murmurar sobre o estado lastimável do fusca. Praguejou a possibilidade de sequer conseguirem sair da cidade...

Bem sabia a preferência dela por soluções ecológicas, tipo a bicicleta, patinete, transporte público. Portanto, o simpático carrinho ficava de gandula. Nesse cenário, a praga do Gazeta podia pegar... Só faltava o carango deixá-los a pé! Estremeceu diante daquele pensamento pessimista.

– Pelo menos, o nome é lacrador: Jimi Hendrix. Gostei! – Encheu o rosto de uma nada convincente alegria.

Gesticulou para o amigo falador calar a boca e encarar firme o trabalho.

No fim, executaram as tarefas além do pedido da proprietária. Em poucos minutos, até lavaram a carroceria. O Jimi Hendrix ficou, enfim, apresentável. Restava saber se o motor funcionaria. Nem quis comentar nada a respeito do detalhe perturbador, pois o semblante de gelatina derretida do companheiro já expressava um desânimo de dar medo.

Na memória recente, o carro velho do pai custava a funcionar quando ficava muito tempo parado ou o clima esfriava...

Deixou de lado aqueles pensamentos para acomodar as mochilas atrás do banco traseiro.

Ela reapareceu num vestido comprido. Apontou para si, girou e perguntou:

– O que acharam?

O linguarudo gesticulou nota 10.

Léo se perdeu entre os adjetivos, acabou por resumir:

– Ficou linda!

–Vamos nessa, o *rock* nos espera. – Ela já abria o capô para guardar a bagagem. Uma caixa de isopor foi acomodada no banco traseiro.

Enquanto isso, repensou no desconforto de ser cupido. Espiou o cronômetro: faltavam cerca de onze horas para o fim do prazo fatal. Pelo menos, havia tempo de sobra para ir e voltar antes de a mãe chegar. Apalpou o ingresso no bolso, fez o sinal da cruz e se desejou sorte.

Nisso, a tia chamou a atenção para o fato de não terem desengatado a carretinha. O trambolho metálico em forma de caixote, preso à traseira do carro, poderia atrasar a viagem.

Léo deu a volta, puxou a alça metálica do engate. O troço nem se mexeu.

Gazetinha empurrou o amigo, tomou posição, flexionou os joelhos, fez cara de mau, deu um puxão. A traseira do carro balançou junto e o trambolho continuou no mesmo lugar.

A malucona pediu espaço, mordeu o lábio inferior, agarrou a tal alça do engate, puxou forte. Nada aconteceu também.

Essa agora! Usou a lanterna do celular para iluminar o interior vazio do baú.

– Baita peso inútil!

Jurou de pé junto que a havia desengatado naquela manhã para manobrar. Engatou de novo para fazer uma entrega. Agora, o enguiço. O jeito era levar junto. Daria trabalho para estacionar. O Jimi Hendrix gastaria mais gasolina... No entanto, na vida, na guerra, no amor, na cola da prova, sempre dá algo errado... Arrepiou-se. Paquerar a Sol precisava dar certo... Céus!

Alheio ao problema da sobrecarga, Gazetinha se jogou no meio do banco de trás.

A tia sorriu enquanto assumia o volante. O sobrenome dela devia ser confiança. Quase nada lhe esmorecia o ânimo. A não ser, interrompê-la durante a sagrada meditação.

Léo se acomodou no banco do passageiro, fechou a porta, afivelou o cinto de segurança.

Gazeta soltou piadinhas a respeito dos *Stones* e risadas amenas ricochetearam no interior do Jimi Hendrix.

Ela girou o botão do rádio: a música *Miss You* começou a tocar. Acionou o controle remoto preso ao quebra-sol e gritou:

—Viva ao *Rock'n Roll!*

Repetiu aquela frase até o portão se abrir por completo.

O destrambelhado cantarolava a música do rádio.

A despeito da alegria dos dois, pensava na Sol. A menina dos desejos estaria no meio da multidão. Queria fazer surpresa. Ela também o flertava? Nunca teve certeza. Agarrou-se à alça branca acima do porta-luvas, cerrou o maxilar e respirou fundo.

A motorista pendeu o corpo de lado, enfiou a chave no contato, girou-a, apenas duas luzinhas, amarela e vermelha, se acenderam no painel. Pronto, o maior temor tornou-se realidade: nada do motor funcionar. Prendeu o fôlego, olhou para trás.

Gazetinha caprichou na cara de paspalho: a cabeça caída de lado, olhar perdido.

A *hippie* acabava de sacar uma chave de fenda da lateral do assento e encaixou-a debaixo do volante. Riu-se antes de explicar a comédia.

– Sistema antifurto improvisado. Se não calçar a caixa de fusíveis, jamais sairemos do lugar. Relaxem, o Jimi Hendrix nunca me deixou na rua... Eu, sim, já o larguei estragado por aí um montão de vezes. – Riu-se.

Espiou o amigo de rabo de olho e começou a rezar, parou no meio por causa de uma dúvida: Deus ajudaria um garoto desobediente?

A motorista tornou a girar a chave no contato.

Jimi Hendrix apenas gemeu. De quebra, o rádio desligou.

– Véio do céu! Véio do Céu! – Gazetinha murmurou bem alto.

O jeito foi enterrar o pescoço entre os ombros, enquanto relembrava todo o esforço para chegar até ali. Para, na hora H, o fusquinha falhar. O problema, não sacava quase nada de mecânica. A maluca, pelo jeito, menos ainda. Além disso, sábado à noite, nem em sonho encontrariam uma oficina aberta. Empurrou o para-brisa para tentar mover o carro. No instante seguinte, abandonou a manobra estúpida. Aí, vasculhou a mente em busca das soluções usadas pelo pai em situações semelhantes.

Lembrou-se de uma...

11:25:54

Agarrou-se à alça do painel, acima do porta-luvas, enquanto observava pela janela, o Jimi Hendrix voltar de ré cerca de dois passos. A referência do movimento eram os pilares do muro.

Orientou a tia para puxar o freio de mão e engatar o ponto morto. Cruzou os dedos. Ou aquilo dava certo, ou todos os sonhos do trio de aventureiros iriam para o brejo.

Gazetinha cruzou os dedos também, feito torcedor fanático na agonia pela cobrança do pênalti, no último minuto da partida decisiva do campeonato.

Já ela, mordeu o lábio inferior antes de girar de novo a chave no contato.

O Jimi Hendrix estrondou, soltou muita fumaça branca antes de funcionar fora de ritmo.

Festa!

Quando o famoso *Poçante* — tinha esse apelido por vazar óleo onde parasse — falhava, o pai deixava as rodas darem um giro, de quarta marcha engatada. O truque mexia as engrenagens e, por algum motivo misterioso, a lata velha, na maioria das vezes, ressuscitava.

Após a terceira acelerada, o barulho do motor lembrava uma máquina de costura. Ufa! Podiam retornar a sonhar... Até o rádio voltou sozinho. O velho truque superou as expectativas.

A motorista tornou a apertar o botão de avanço, aumentou o volume na música *Start me Up,* cuja letra ilustrava bem a ocasião.

Foi bom decidir pela aventura, apesar dos riscos. Restou a certeza: o pai, na idade dele, também não perderia os *Stones* e a oportunidade de paquerar a Sol por nada desse mundo.

Na sintonia do clima, Gazetinha gritou:

— A nossa turma é *show*! — Enquanto arrebentava o lacre de uma latinha de refrigerante. Em seguida, sugeriu uma contagem regressiva antes de arrancarem para aquela super aventura.

Em coro:

– Cinco, quatro, três, dois, um...

Léo elevou os braços e gritou:

– Ignição!

Aí, a tragédia: o Jimi Hendrix morreu. Gazetinha bateu a cara no encosto do banco dianteiro. A tia enrugou a testa.

– Tenta a partida de novo! – Léo suplicou.

Ela voltou a girar a chave no contato. O motor pegou de primeira. Aquela lata velha pirraçava ou era mal-assombrado? Suspirou. Prestou atenção nos comandos da arrancada. Achava o máximo dirigir um automóvel.

Ela diminuiu a velocidade ao passar pela calçada. Parou no meio da rua, acionou o controle remoto, vigiou o fechamento do portão pelo retrovisor. Enfim, arrancou forte.

Durante toda a manobra, os ombros dançavam no ritmo da música no rádio. Decerto, tentava passar a sensação de entusiasmo, apesar dos pesares.

Seguiram viagem, cantando...

Algumas dezenas de metros adiante, do nada, uma silhueta sombria saltou sobre a faixa de pedestres...

– Gente! Cuidado! – Gazetinha gritou.

– Freia! Freia, tia Mika!

A motorista agarrou-se ao volante, as pernas esticadas sobre os pedais empurraram o corpo dela contra o assento.

O Jimi Hendrix guinchou os pneus sem conseguir evitar o baque surdo de um corpo humano contra o capô. Enfim, parou torcido. O motor morreu. As agonizantes luzinhas multicoloridas se acenderam no painel. O rádio desligou. E o para-brisa sujo deixava a visão do exterior confusa.

O condutor correu as unhas no rosto e resumiu a tragédia:

– Acho que matei alguém!

Léo imaginou a vítima ensanguentada, carros de polícia, ambulâncias, roda de curiosos. Baita pesadelo. Ele próprio voltou a chave no contato para apagar as irritantes luzinhas. Acabavam de perder o *show* do século? Agarrou a maçaneta interna para sair e tentar resolver a caso. Talvez ainda tivesse uma chance. Nisso, só para não perder costume fantasmagórico, o rádio ressuscitou, chiou alto e morreu de novo.

Porcaria de carro! Porcaria de sorte!

11:10:00

Em vez de gritar bem alto para extravasar a raiva, saltou para fora. Queria ajudar a resolver o problema rápido. Quem sabe ainda poderiam assistir parte do *show*. Nada de amargar aquela *big* decepção pelo resto da vida. Aprendeu em outras ocasiões que tragédias só continuarão terríveis enquanto as encararmos dessa forma.

Antes, coletou o celular caído no asfalto, por sorte não trincou a tela. Pelo menos, algo de bom naquele desastre absurdo. Guardou-o no bolso da blusa.

A pisar em ovos, seguiu na direção da frente do carro. O acidente foi tão rápido, tão confuso... Nem dava para acreditar. Beliscou-se. Vivia sim um pesadelo real.

A motorista saiu pelo outro lado. Movia-se devagar também. Coitada, não teve culpa. Ninguém teve. A maluca atravessou a rua sem conferir o fluxo.

Deu-se conta do detalhe surpreendente: ela não desmaiou diante daquele tremendo susto. Ou seja, a regra do pai tinha furos. Isso era bom ou ruim?

Ao parar do lado dele, Gazetinha repetiu a mania feia de coçar o traseiro, antes de prender os sentidos no resultado do acidente.

O corpo imóvel de uma moça de pele morena esparramava-se pelo asfalto, cabelos azuis encaracolados, a mochila escura ainda presa às costas. Não havia sinais visíveis de ferimentos graves, tipo ossos quebrados, ou hemorragias. A vítima parecia uma boneca de pano desengonçada, esquecida pelo chão.

Engoliu seco. Respirou fundo diante da sensação esquisita de frio nas extremidades do corpo. Imaginava o pior...

O companheiro ruivo sambava acelerado, ao ritmo de *tico-tico no fubá*. Aí, leu seus pensamentos:

"E se ela morreu?"

De tão tenso, só lhe restou o reflexo de pisar no pé do falastrão agourento. Para a tia, sustos se transformavam em desmaios. Contudo, ela se limitou a sussurrar de mãos trêmulas o fato de a moça pular sobre a faixa.

Os dois se entreolharam.

Se a garota morreu, estariam fritos. As complicações se amontoariam. Pior: Adeus, *Stones*! Adeus, Sol!

Foi quando a vítima começou a se mexer...

Suspirou. Um calor instantâneo subiu pelas pernas.

Gazetinha parou de sambar e arregalou os olhos.

A tia arriscou dois passos na direção da acidentada.

Carros pararam em ambos os sentidos da via e estranhos se aproximaram.

A tragédia tomava outro rumo...

— Graças aos céus!

Examinou o relógio de pulso: quase sete horas. Se a acidentada estivesse bem, ainda daria para pegar o início do *show*. Cruzou os dedos.

A alegria repentina se transformou em susto, a infeliz esculpiu as linhas do rosto para a fúria. Eu, hein! Numa atitude animalesca, a esquisita cuspiu de lado, encarou Mika. Só faltou rosnar.

A boca de Léo se abriu sozinha.

Os gestos dela eram uma declaração de guerra?

O cagão de cabelos vermelhos se escondeu atrás do Jimi.

A acidentada iniciou o escândalo típico de fim de xepa:

— A senhora é cega ou idiota? Não me viu atravessar a rua na faixa de pedestres. Por sua culpa, perdi o ônibus, tá! E perdi o meu... — voltou a apalpar o próprio corpo de maneira alucinada.

— Ei! Você atravessou a rua sem olhar.

Léo abanou a cabeça concorde. A motorista não teve culpa nenhuma. Ninguém teve. A atrevida pulou na frente do carro feito cachorro fujão.

A sujeitinha desaforada começou a perseguir a Repilica em volta do Jimi Hendrix.

Léo gritou:

— Corre, gente! Corre!

Sem tempo de organizar um contra-ataque, o jeito foi correr também. Para os curiosos do entorno, os quatro brincavam de pega-pega, já que ao invés de impedir a briga iminente, riam, torciam. Imprestáveis!

Conseguiu entrar no Jimi Hendrix na terceira volta. Muniu-se do extintor de incêndio, destravou o gatilho, posicionou o bico na greta da porta entreaberta. Ou tentava resolver aquela situação absurda na força bruta ou perderiam o *show*.

Quando a agressora se tornou visível na alça imaginária de mira, disparou o jato de pó branco bem no meio da cara.

Ela passou a pular, a gritar palavrões, igual gente doida na fila do posto de saúde. Pelo menos, por alguns preciosos segundos, permaneceria fora de combate.

Gazetinha se jogou no banco traseiro e gritou:

— Vai! Vai Dona Mika! Tire a gente daqui!

A motorista tomou posição ao volante.

A agressora baratinada.

Por picardia, o maldito Jimi Hendrix pigarreou: nhem, nhem, nhem, nhem, nhem...

Gazetinha grunhia enquanto apontava o meio do para-brisa.

Léo vidrou o olhar num ponto adiante, onde duas silhuetas escuras corriam na direção deles. Os gestos não eram amigáveis. Seriam os companheiros da louca de cabelos azuis? Se sim, a encrenca prometia se complicar...

Enquanto isso, ainda desgovernada, a esquisita conseguiu acertar alguns chutes na lateral traseira do Jimi, enquanto gritava palavrões.

Já as pessoas em volta apenas riam. Sempre a mesma coisa. Queriam ver o circo pegar fogo.

Mirou a inimiga de novo, apertou o gatilho, mas o jato fraco de pó apenas sujou o asfalto. Acabara a munição.

Jogou a arma improvisada no assoalho. Fechou o vidro da janela. Travou a porta. Preparava-se para o pior cenário.

Gazetinha pulava no banco traseiro enquanto apontava para os dois carinhas a correr na direção deles.

A motorista estacionou a ponta da língua entre os lábios, girou a chave de novo. O motor soltou uns estouros antes de funcionar. Por fim, arrancou trôpego.

Adiante, na contraluz da rua, as duas silhuetas masculinas pararam. Deram as mãos e fecharam o trânsito.

A tia afrouxou o acelerador para mirar o sobrinho.

Atrás, a atrevida de cabelos azuis, agora salpicados de pó branco, corria no encalço do Jimi Hendrix a girar os braços. Gritava palavras incompreensíveis.

Nisso, a porcaria do rádio se ligou sozinho e voltou a tocar a música *Start me Up* bem no trecho: "*Never stop, never stop!*"

Eis a inspiração... Pisou em cima do pé direito da tia sobre o pedal do acelerador e aconteceu o inacreditável: Jimi Hendrix elevou a frente, tipo torpedo em rota de colisão.

A tia fez a cara feia de quem pretendia protestar, no entanto, ocupou-se em manter a direção. Decerto, já considerava certeira a iniciativa do sobrinho.

De olhos semicerrados, Gazetinha resumiu num longo gemido a tensão:
— Ca-cil-da!

A hipnótica barreira humana ganhava nitidez a cada segundo. Apoiou-se no para-brisa, escorou as costas no encosto do banco, tanto esforço só para manter a compressão sobre o maldito pedal do acelerador. E se os moleques, ao invés de liberarem a rua, pagassem para ver a coragem da motorista? Azar! Segurou o volante só para garantir a rota.

10:51:30

Travou as arcadas.

De semblante tenso, a tia mostrou os dentes amarelos.

O óbvio: a tal moça de cabelos azuis pertencia a uma gangue, do tipo: bobeou, apanhou. Precisavam se safar a qualquer custo, do contrário, não iriam apenas perder a apresentação dos ídolos ou parar numa droga de hospital, abririam mão da baita aventura. Fora a perda da oportunidade de paquerar a Sol. Meninas bonitas não ficam disponíveis por muito tempo. O Gazetinha, coitado, sem os *Stones*, entraria em parafuso. A tia, sem o amor do passado. Pior: desobedecer à leoa-mãe e ainda se envolver em confusão significaria castigo ao cubo.

Jimi Hendrix roncava igual aqueles tanques de guerra do cinema, em ordem de batalha.

A tia lampejava os faróis, repicava a buzina, enquanto grunhia entre os dentes:

– Saiam da frente, imbecis!

Os carecas continuavam no mesmo lugar. Apostavam alto na fraqueza dos nervos do oponente.

– Pare! Desse jeito, a senhora matará esses dois idiotas. Vamos voltar... Quero minha mãe!

Frouxo duma figa.

Tia Mika rebateu: se parassem, acabariam no cemitério. E nem faziam ideia do tamanho da encrenca. Agora, a aventura era sem volta. Se os vagabundos não arredassem o pé, passaria por cima!

Aí, seria assassinato ou legítima defesa?

Deu-se conta do detalhe incrível. Ela também não desmaiou quando do ataque da atropelada de cabeleira azul. Que susto poderia ser maior? A teoria do pai, de novo, mostrava o lado sombrio: os desmaios se transformavam numa bomba defeituosa, pronta para explodir sem aviso... Caraca!

Eis outro instante de tensão extrema. Se ela desmaiasse, por exemplo, antes do possível atropelamento daqueles dois carinhas atrevidos, a culpa cairia sobre quem? Aliás, o fusca ficaria desgovernado.

Nisso, mais lúcida impossível, reclamou o comando só para si e vociferou para ele retirar o pé de cima do pé dela.

Obedeceu a ordem de imediato e consertou a posição no assento. Soltou o volante. As pernas saltitavam de nervoso.

Jimi Hendrix manteve a aceleração.

– Dane-se! Não perderei o *show* nem morta! Muito menos desperdiçarei a chance encontrar o Gegê. Protejam-se! – Abaixou-se atrás do volante.

Léo imaginou aqueles dois rapazes de cabeça raspada lançados ao vento. Morte certa! Aí, se tornariam criminosos procurados pela polícia. Acabariam presos. A leoa-mãe o visitaria na cadeia? Cerrou os punhos de nervoso.

O motorzinho urrava. O vento zunia na janela. Os quebra-sóis caíram quase ao mesmo tempo.

Espiou pelo canto do para-brisa. Atingiriam os alvos em segundos.

Conferiu as expressões dos companheiros.

Gazetinha pulava no banco traseiro agarrado às alças das colunas. A tia rosnava de olhos estatelados.

Parou de respirar.

Aí, no último instante, os malditos carecas pularam de lado.

O Jimi Hendrix passou igual a um raio, porém, uma mochilada certeira arrancou o limpador de para-brisa. O baque o fez dançar na pista, por pouco não raspou a lataria nos carros estacionados.

Mika exibia veias altas no pescoço. Palavrões escapuliram pelas gretas dos dentes.

Passada a tensão máxima, Gazetinha atravessou o braço esticado entre os assentos dianteiros:

– Gente! Ve-ve-vejam aquilo!

Léo precisou limpar as vistas para acreditar no capricho do destino: uma porcaria de micro-ônibus parado no semáforo. Ou seja, os bandidos ganhavam de presente a chance de alcançá-los. Estremeceu.

Mikaela ainda praguejou sobre a demora daquele sinal para abrir.

Gazetinha balançou o amigo:

– Pense, Cara! Pense!

O fusca perdia velocidade.

Pressionou as laterais do rosto. Passou a avaliar as alternativas: entrar pela contramão, arriscado demais, a rua acabava numa avenida hiper movimentada, logo, bateriam no primeiro carro que dobrasse a esquina. A rua estreita não permitia uma manobra rápida de retorno.

Os três corriam no encalço, decerto, já haviam percebido a oportunidade favorável.

Gazeta enlouqueceu:

– Seremos mortos! Adeus, *Stones*! Adeus, mundo cão! No céu se curte *rock*? Tem *wifi*? Alguém sabe? No segundo seguinte, passou a defender a volta para casa.

Tia Mika fez cara feia e irritadiça, quase gritou:

– Jamais desistiremos!

Léo travou a porta do seu lado, tornou a conferir nas duas direções: os inimigos se aproximavam, o micro-ônibus no mesmo lugar, o semáforo vermelho, dezenas de carros passavam na avenida larga. O suor abundante ensopava a camiseta. E nada de surgir uma ideia salvadora...

Tia Mika diminuiu a velocidade. Enquanto alternava a atenção entre o trânsito adiante e o retrovisor de teto, sugeriu a loucura suicida de fugir pela contramão.

A mente se iluminou.

– Nada disso, siga por ali! Veja! – Apontou a falha na fileira de carros estacionados à beira do meio-fio, do lado direito. Subiriam na calçada e alcançariam o posto de combustíveis da esquina. De longe, a passagem entre a árvore e o muro, parecia estreita, contudo, aquela era a melhor opção disponível. Se desse certo, ganhariam a avenida.

– Se der errado, véio?

– Apanharemos até a morte!

Repilica aproximou o rosto do volante. Quem sabe, avaliava os riscos da empreitada.

Nisso, algo metálico alvejou a traseira do carro e provocou estrondo.

Os três se entreolharam, encolhidos.

Nesse momento, na tal contramão, uma van enorme dobrou a esquina de repente. Se tivessem arriscado a tal manobra, estariam mortos...

De certo por causa do susto, a motorista vacilou e o Jimi voltou a dançar.

Léo acudiu o volante a tempo de firmar a trajetória.

A van tirou fino.

Sem se desculpar pela barbeiragem, Mika engatou segunda marcha, acelerou forte, golpeou a direção para a direita, enfim, subiram na tal calçada. Jimi

Hendrix saltou. Os ocupantes bateram as cabeças no teto.

Já a passagem no estreito entre a árvore e o muro foi desastroso. Em meio a estrondos e guinchos metálicos, o carrinho raspou os dois lados da lataria. A carretinha também levou um tranco. Uma vez no pátio do posto de combustíveis, a motorista, trêmula, costurou os carros parados nas bombas, ganhou a avenida movimentada, onde, por pouco, não se chocou contra uma caminhonete. Guinchos de freadas, princípio de buzinaço, palavrões perdidos ao vento.

Gazetinha exibia cara de pânico.

Mesmo trêmula, Mikaela comentou:

– A cada instante, odeio mais aqueles imbecis carecas e a coisinha azulada!

Léo arquejava, ainda sem acreditar que conseguiram escapar. Espiou a retaguarda: os perseguidores, iluminados pela luz forte do posto, gesticulavam a promessa de novo confronto. Pelo jeito, não desistiram da forra. Caramba! Carambola!

Gazetinha abriu outra lata de refrigerante e antes de engolir o líquido sem respirar, comemorou:

– Vencemos! Vencemos!

– Eu não teria tanta certeza. – A tia lançou o balde de água gelada.

Ouvira direito?

– Qual foi? Os imbecis caíram na lona. Se isso não for vitória, era o quê?

Ela alternou a atenção entre os passageiros e o trânsito, enquanto introduzia o raciocínio, rogando para que prestassem atenção nos detalhes da vida. Daí, tocou a ponta do dedo no retrovisor de teto e explicou:

– No posto, os perseguidores gesticularam chifrinhos!

– Roqueiros! Claro! A maioria dos carecas curte *rock*!

Gazetinha passou a roer as unhas.

– Exato, sobrinho! Sinto informar: essa encrenca poderá ficar mais perigosa. Quando pensamos que não pode piorar, barata voa...

Encolheu-se no assento.

Ela retornou o relato no mesmo tom grave:

– Além disso, os desgraçados mostraram a língua!

Léo arrastou as mãos pelo rosto e murmurou:

– Não entendi...

A tia elevou-se no assento, olhou fixo para o retrovisor de teto. Pelo ângulo, mirava o passageiro de cabelos vermelhos.

Incomodado, virou no assento e procurou no amigo uma pista para o suspense da tia.

– Qual foi cara? Por que me olha desse jeito, não sou ET?

A motorista falou sem desviar a atenção do trânsito:

– Os inimigos conhecem o nosso destino!

Enfim, matou a charada. Ela se referia à logomarca dos *Stones* estampada na camiseta do Gazetinha. Para completar, havia outro detalhe perturbador: nas costas da tal camiseta escura, se lia em letras garrafais: *Rolling Stones, tour South America, Brazil Eu fui!* Respirou fundo. Pronto, nem bem rodaram dois quilômetros, já colecionavam o primeiro *big* problema. Correu os dedos oleosos pelo nariz. Pensou: Talvez pudessem se esconder no meio da multidão. Só não dava para perder o *show*. Em poucos segundos, já experimentava o repentino lampejo de coragem diminuir...

Um abismo se abriu na conversa.

Ligou o rádio para espantar o nervosismo.

10:45:00

A sinistra música *Sympathy for the Devil* no som e o ronco do motor ao fundo deixava o silêncio dos três arrepiante.

Apoiou as costas no encosto. A fuga cinematográfica raleou o conteúdo das tripas. Além disso, o arrependimento por desobedecer à leoa-mãe o corroía por dentro. Só topou participar daquela aventura maluca pela oportunidade de paquerar a Sol.

Por enquanto, restavam duas esperanças: sumirem no meio dos carros e esquecer aqueles delinquentes. Reencontrá-los significaria esfoladuras, olhos roxos, ossos quebrados ou mesmo a morte. Deus me livre!

Aí, só para aumentar o desassossego, atinou para a porcaria do detalhe: além da carroceria azul repleta de flores pintadas, o Jimi Hendrix arrastava aquela carretinha florida. Putz!

Para aliviar o mal-estar, curvou o tronco, abaixou o volume do rádio e passou a repetir para si o mantra: o pior já passou, o pior já passou...

Nisso, o celular apitou no bolso do jeans. Enquanto pescava o aparelho, espiou os companheiros de aventura.

Gazetinha tomava a terceira lata de refrigerante. Eis o outro jeito nada saudável de ele amenizar o *stress*.

A tia parecia hiper preocupada. Ou ainda se lamentasse pelos estragos do Jimi. Nem sabia calcular o tamanho do prejuízo. Pena. O carrinho ficou tão bonito. Atinou para outro detalhe: apesar da perseguição medonha, de novo não apagou. Ou seja, os desmaios se confirmavam uma bomba relógio defeituosa, sob risco de explodir sem aviso...

Após outro apito curto, voltou à realidade, abriu o aplicativo de mensagens. Numa determinada tela, gritou:

– Dê a volta! Dê a volta!

Jimi Hendrix dançou na pista sob protestos da condutora.

Do banco de trás, Gazetinha protestou também por causa do susto. Falou algo confuso sobre a jamanta do filme *Mad Max* estar na cola deles. Maluco de pedra.

Desculpou-se pelo mau jeito e deu um cocão na própria testa. Imagina se ela desmaiasse... Apontou a tela iluminada, onde a super amiga Cacá pedia carona para o *show*.

Gazetinha projetou o corpo para frente só para espiar a foto do perfil da menina. Achou-a bonita, todavia, não concordou em dar a volta pois o prazo apertava.

Tinha razão. O tempo corria contra os três. Insistiu na rapidez da parada. Ela aguardava no posto Monte Rey.

O idiota zombou da paixonite. Na cabeça dele, o amigo já tinha se apaixonado pela tal caroneira.

Léo alegou que a Cacá era enorme, atlética e capoeirista de primeira. A companhia dela traria tranquilidade para o caso de os carecas e a demônia de cabelos azuis quiserem se engraçar... Pensava lá na frente.

A tia tirou o pé do acelerador.

Já o passageiro de cabelos vermelhos não gostou nada do discurso. Não lutaria contra ninguém e muito menos colocaria o *show* em risco. Preferia se esconder no meio do público.

Estapeou as coxas. A Cacá já havia lhe salvado o couro outras vezes. Devia-lhe favores. Então, fez a cara do gatinho pidão do filme o gato de botas. Afinal, a dona do carro tinha a última palavra.

E não é que ela caiu naquele truque barato.

– Tudo certo! Não será volta nenhuma. Até programei para completar o tanque lá. É logo ali na frente.

Sorridente, digitou a resposta positiva no aplicativo de mensagens.

O voto perdido arrebentou o lacre de outra latinha de refrigerante.

Em meio a sorrisos, Léo sussurrou:

– A sorte virou pro nosso lado! Botem fé!

Passados alguns minutos, entraram no tal posto, o último, antes do trevo de acesso à rodovia. Jimi Hendrix avançou trepidante sobre o piso de calçamento.

Apontou a moça enorme, esbelta, morena clara, cabelos *Black Power*. Numa faixa presa à testa, em letras garrafais, se lia *ROLLING STONES*. Abriu a janela, projetou parte do corpo para fora e acenou. Nem bem voltou para dentro do carro, Gazetinha chamou a atenção para a mecha azul no cabelo da garota.

– Véio, assombrei! Vamos passar direto... Ela não conhece o Jimi.

Gesticulou calma. A tal mecha azul era um *dread*. Não podia cancelar a carona, pois já tinha acenado feito vendedor de feira.

O carrinho parou na primeira bomba de combustível.

Mika espiou os dois de banda, parecia desconfiada também. Besteira. A Cacá será de grande ajuda. Afirmou para si.

A menina se aproximou, sorriu farto e soltou a voz meiga, quase cantada:

— Leozinho, meu camaradinha! Delícia essa carona, hein! Busquei socorro na rede social. De nada adianta centenas de amigos virtuais, se a maioria é *fake*! — Espiou os demais ocupantes do carro.

Léo sorriu, abriu a porta, abraçou-a.

— Para tudo! Qual a encrenca da vez? Conheço essa carinha de assustado. De cachorro caído de mudança. — A moça pendeu a cabeça de lado. O gesto buscava confirmação para o palpite.

Negou a existência de problemas.

Gazetinha riu.

Antes de voltar a atenção para o grupo, Repilica destravou o capô, para liberar o acesso ao tanque.

Seguiram-se as apresentações.

A tia apenas sorriu em vez de dizer olá.

O idiota literalmente babava diante da beleza exótica da menina.

A estilosa exibiu os dentes super brancos, fez cara e bocas. Linda de viver! Pena ser maior de idade e tão alta. Do contrário, forte candidata a namorada. O pai acertou em cheio: amizade atrapalha o romance. Nunca teria coragem de paquerar uma amiga.

Léo rebateu o encosto do banco.

Cacá se acomodou no canto direito do assento traseiro.

Gazetinha sorria feito idiota.

A caixa de isopor separava os dois.

No reflexo do para-brisa, a tia mexia apenas os olhos enquanto conferia a dança dos números no painel da bomba de gasolina. Se bem a conhecia, continuava aflita.

Cacá bateu palmas. Divagou sobre a estranheza do amigo, para, no fim, perguntar:

— Algo lhe preocupa?

Léo saiu pela tangente:

— Tudo beleza, Mira! É a ansiedade pelo *show*...

— Ei! Qual é? Decidam-se: Mira ou Cacá... — Gazetinha abriu os braços.

Risos.

A menina explicou a confusão. O nome de batismo era Mirabela Camila de Sá. Na escola, uns a chamavam de Mira, outros de Bela. Cacá era brincadeira do Léo, por causa do segundo nome e pelo fato sobrenatural de sempre pisar em cácas de cachorro. Aquelas nojeiras pastosas a perseguiam...

– Cruzes! Tenho pavor! – Enfeitou o rosto para a repulsa.

Gazetinha tapou a boca.

A motorista deu uma espiada rápida na conversa.

Preocupou-se. O que se passava na cabeça dela? Parecia muito cismada.

Nisso, a passageira ficou séria demais. Antes de qualquer pergunta, desabafou:

– O papo tá bom. No entanto, tô preocupadérrima!

O cretino destampou a boca.

– Qual a treta? Bota para fora!

A menina correu a vista nos presentes antes de anunciar numa voz tensa:

– A minha amiga Roberta foi atropelada há pouco!

Esforçou-se para não dar bandeira. O estômago borbulhou. Só faltava a coincidência de a tal ser a atrevida de cabelos azuis.

O Zé Má Nota arregalou os olhos. Ou seja, chegava à mesma terrível dedução.

A tia vidrou o olhar.

Cacá entrelaçou os dedos na ponta do queixo e resumiu o caso. Segundo soube, o carro surgiu em alta velocidade e pá: jogou a amiga para o alto. O acidente ocorreu em cima da faixa de pedestres. O inacreditável: a motorista criminosa, em vez de socorrê-la, ficou de pé, feito estátua de museu. Revoltada, a vítima se levantou para tirar satisfações...

Os três se entreolharam.

– Daí, tomou um jataço de extintor de incêndio na cara. O mundo se perdeu mesmo. Acabei de crê!

O frentista fechou o capô.

Léo perdeu o fôlego por alguns segundos. O suor brotava em abundância. Só faltava a Cacá desconfiar do nervosismo. Para evitar tal desastre, enxugou o rosto.

Repilica exibiu a cara de espanto no reflexo do para-brisa.

Gazetinha coçava atrás das orelhas.

– De boa, a vacilona vai se arrepender de ter nascido! – Ela acariciou o longo *dread* azul.

Sentiu as bochechas murcharem sozinhas. Se soubesse daquela coincidência trágica, jamais teria oferecido a carona. Agora, ao contrário dos desejos coletivos, ouviriam falar muito daqueles malditos delinquentes. A cabeça doía pulsante. Se a Cacá, tão gente fina, prometia vingança, imagina a disposição dos outros. A aventura poderia acabar antes de começar. E se a abandonassem pelo caminho? Melhor bolar um plano para escapar daquela enrascada...

Nisso, o Jimi Hendrix arrancou aos solavancos.

Depois de tamanha reviravolta, aquele sábado não seguiria tranquilo.

10:38:09

Usou os dedos para fazer uma cabaninha sobre o nariz. Se não bastassem a pressão do cronômetro do pai, o peso do todo poderoso não materno, Estrela presa numa vitrine, a assustadora missão cupido ou a angústia de paquerar a Sol na cara dura, a Cacá levava os três direto para os braços da demônia de cabelos azuis. Por Deus! Precisava pular fora daquela presepada. Seria o fim de todos os seus planejamentos. Absurda falta de sorte.

Bolou a seguinte estratégia: primeiro, descobriria o quanto a garota sabia sobre o acidente; segundo, tentaria convencê-la a entrar para o lado dos inocentes. Afinal, sempre foi super amiga. Acertava aquela bola de três pontos no cesto ou voltaria para casa. Bom, se voltasse vivo.

Cacá indagou o motivo da absoluta falta de assunto.

Titubeou. A mente se ocupava da dúvida: se ela gostasse muito da amiga de cabelos azuis? Por fim, esforçou-se para parecer normal ao executar a primeira parte do plano:

– Ela contou mais sobre o acidente? O caso é tão medonho...

A garota correu as mãos pelo rosto. Achou a Roberta perturbada ao telefone.

– Imagina ser atropelada e a motorista, ao invés de prestar socorro, a agride e foge.

Defendeu pena de morte na cadeira elétrica para a criminosa.

Aí, o absurdo aconteceu: Gazetinha entrou na conversa e perguntou algo aproveitável a respeito dos detalhes do carro, tipo: placa? Modelo? Cor?

Para aumentar a tensão, a motorista fez o favor de arranhar outra troca de marcha.

Daquele jeito, a caroneira ligaria as pontas soltas...

Por sua vez, ela gesticulou a ermo antes de dizer:

– O carro surgiu do nada, em alta velocidade.

Em seguida, despejou futilidades. Pelo jeito, a Roberta se preocupou em praguejar a destruição da bendita cabeleira azul a detalhar os agressores. Porém, inimigos descontrolados são os piores.

Valeu-se da seguinte pergunta para disfarçar a manobra de enxugar o suor do rosto:

— Cabeleira Azul?

A garota chamou a maluquice de protesto contra a ditadura da beleza. Marca de pertencimento. Cismou, mandou pintar. Aí, o visual berrante ditou moda entre as meninas da turma, da escola, do bairro. Para não ficar de fora, coloriu o *dread* no mesmo tom.

Gazetinha meneou os olhos.

A tia vidrou o semblante.

— Adorarão a Roberta. Da pá virada total, mas, super legal e gente fina!

O couro cabeludo coçou. Não queria se encontrar com a maldita de novo.

A condutora arranhou outra troca de marcha.

Cacá franziu o nariz.

Léo acariciou o queixo para produzir um trocadilho visual em cima da barbeiragem.

A amiga soltou um risinho. Decerto, entendera a piada.

Gazetinha derramou água mineral sobre a cabeça.

A garota arregalou os olhos.

Putz! A considerar os escorregões dos dois, a malandra sacaria o blefe do atropelamento. Aí, sabe Deus qual seria a reação. Entretanto, ela voltou a falar sem pregas na língua. Se desconfiou, guardou para si.

Do meio da falação, surgiu algo interessante: a Roberta suspeitava da presença da agressora no *show*.

— Se for isso mesmo. — Alvoroçou-se.

— Isso mesmo o quê? — Gazetinha salteou os fonemas.

Ela cadenciou os ouvidos na direção da passageira.

— Ocorrerão terremotos, tsunamis, furacões! Tenho pena da infeliz. O Paulão, paquera da Bebela, faz parte dos carecas. Agora, tente imaginar o tamanho da encrenca... A caçada será cinematográfica.

— Carecas? — Foi a vez de ele puxar a língua da passageira

A tia estremeceu. Pelo movimento dos lábios, parecia rezar.

O outro, fez cara de paspalho.

Cacá garantiu, a cidade possuía uma enorme e violenta gangue de carecas. Lamentou o fato do celular da amiga estar fora de área ou sem bateria. Prometeu vasculhar a multidão em busca dela, pois não podia perder a festinha.

Insistiu em se passar por desentendido:

— Festinha?

Cacá bateu palmas, pulou no assento. Festinha, babado, diversão, era o modo de a turma chamar a vingança mega ultra *punk* reservada para quem esculhambava qualquer membro. Ainda fez o disparate de convidá-los para participar do *reality show* ao estilo gato versus rato. Arrematou:

— A ratazana maldita irá perder!

A motorista tossiu e esfregou a ponta dos dedos na testa brilhosa.

Léo se torturava. Trouxera para dentro do Jimi uma tremenda encrenca. Após aqueles discursos de covardia e ódio, considerava impossível arrebanhar a caroneira. Mostrava-se muito diferente do habitual. Nunca tinha lhe falado sobre a tal Roberta... Amizade nova?

Nisso, a moça pediu para parar na lanchonete visível à beira da estrada, a natureza a chamava...

A enorme placa da fachada ostentava ilustrações de espigas de milhos e outros tantos quitutes derivados do cereal.

Enquanto a garota se afastava em passadas ligeiras, os três se entreolhavam.

Coube ao Gazeta inaugurar a reunião de emergência:

— Véio do céu! Caçada? *Reality*? Tsunami? Furacão? A cretina entregará a gente de bandeja para aqueles malucos.

Lamentou-se pela mancada de dar a carona.

A tia tentou confortá-lo:

— Coisas ruins, às vezes, acontecem. — Frisou o lado bom: — Sem querer, a Cacá nos apresentou a inimiga.

— Bastante tranquilizador. Para sairmos vivos, basta vencermos carecas gigantes, a louca de cabelos azuis e a capoeirista traidora. Quero a minha mãe!

A motorista atracou os dedos ao volante.

Gazeta ressuscitou a ladainha da desistência. Se voltasse naquele momento, preservaria os dentes super amarelos. Uma clara declaração de inveja, face ao sorriso hipnotizante da garota. Ainda, frisou o benefício de diminuir chance dos pais descobrirem a travessura.

Pronto. Mais uma mentira do amigo de cabelos vermelhos. Ia ao *show* escondido também.

O sem-vergonha retrucou a goleada de dois nãos a zero.

Outra vez, Repilica atravessou na conversa o lamento de não ter culpa no episódio, a cretina suicida pulou na frente do Jimi.

Nisso, Gazeta alertou os companheiros sobre a aproximação de vários carecas pela retaguarda esquerda.

Espiou. Uns dez carinhas de semblantes amarrados caminhavam na direção do carro. Balançavam os braços em sincronia. Não gostou das posturas. Também não dava para saber se indiferentes ou inimigos.

Monitorou os companheiros. A tia conferiu o travamento da porta, escorregou o corpo no assento até apoiar a nuca no encosto. Abaixado no banco traseiro, Gazetinha sussurrou algo baixinho.

– Qual foi? Fale alto!

– Voto pelo retorno para casa agora. Tô apavorado!

Em vez de votar, virou para a referência adulta. Ela ia revelar a escolha quando o ronco grosso daquelas motocicletas gigantes ecoou nas proximidades. O rosto iluminou-se. Procurou em volta e quase gritou:

– Voto pelo *show*! Pelo *show*, sem sombra de dúvida, meninos!

Léo reconheceu a Sol na garupa. Vestia calça comprida e jaqueta de couro escura.

A motocicleta acelerou até se juntar ao comboio na rodovia.

Abriu a janela para atenuar o abafamento causado pela visão da menina mais linda da cidade.

– É o Gegê e a Solange naquela motocicleta, né? – O inconveniente grudou a cabeça no teto, decerto para acompanhar o comboio se afastar.

Em meio aos sorrisos, Léo abanou a cabeça, concorde.

A maluca esfregou as mãos. Sorria adolescente.

Gazeta deu um tapa de mão aberta no próprio rosto.

Nesse exato momento, a turma de carecas mal-encarados passou ao lado do Jimi Hendrix sem fazer caso de sua existência.

Entreolharam-se.

De novo, Gazetinha quebrou o transe ao propor nova votação.

Léo o encarou de rabo de olho.

Repilica parecia flutuar noutra dimensão.

O sujeitinho respirou fundo antes de anunciar:

– Quem topa deixar a beldade para trás, levante o dedo.

Seis braços se elevaram.

Após o motor acionado, Jimi Hendrix ia arrancar, quando Cacá deu um tapa no capô.

Léo prendeu o fôlego. Teve o reflexo de segurar a mão da tia apoiada sobre a bola da alavanca de câmbio. Não podiam fugir naquele momento, a cretina avisaria a Roberta, aí ela armaria a tocaia na entrada do *show*. Melhor dar perdido na megera num momento apropriado, para parecer acidental.

Mika sussurrou entre os dentes:

– Dane-se. Vamos! – Fora do campo de visão da passageira indesejada, gesticulou negativo.

Gazeta sussurrou apoio ao ponto de vista do amigo.

A tia relaxou o corpo no assento.

A menina se aproximou da janela, sorriu e suplicou:

– Não me abandonem, por favor!

Léo soltou uma desculpa esfarrapada enquanto pulava para o banco de trás. Preferiu a troca, dessa forma poderia controlar o língua.

Mika e Gazeta confirmaram a lorota.

A despeito dos inúmeros desdobramentos possíveis, ela apenas elevou as sobrancelhas. Vai saber se acreditou no argumento. Talvez tenha enxergado o trote há tempos. Restou o amargor da dúvida. Em seguida, entrou, bateu a porta, afivelou o cinto de segurança e soltou a bomba:

– Gente! Consegui falar com a Roberta por intermédio do telefone do Paulão. Os dois tem um lance, saca.

Gazetinha ia comentar algo... Léo lhe aplicou um tostão na coxa antes.

O Jimi Hendrix morreu.

A esbanjar uma sinistra alegria, a passageira vibrou os punhos cerrados:

– Fui convidada para a festinha mega ultra *punk*! Iupi!

O cretino sorriu amarelo.

A motorista deu a partida e arrancou.

Léo engoliu seco. A estrada lembrava um rio de luzes vermelhas, as quais não conseguiu deixar de relacionar ao próprio sangue. Arrepios percorreram a espinha. A festa macabra já estava marcada. Debruçou-se sobre o ombro da amiga, aumentou o volume do rádio, quem sabe o som alto energizasse os neurônios. Sobrou a certeza: impossível convencer a Cacá da inocência deles. Precisava de outra saída. Se não, aquela droga se transformaria numa enorme montanha de cáca fedorenta. A única solução: livrar-se daquela cobra venenosa, caso contrário...

07:15:00

Após quase quatro horas presos num engarrafamento monstruoso, o local do *show* se tornava visível. Resumiu na mente o tormento do caminho: quando a amiga encontrasse a Roberta, as máscaras dos três cairiam. Para evitar a provável tragédia, planejava se afastar dela nas catracas da entrada. Aí, sumiriam no meio de público. O plano, de tão simples, dava medo. Medo de só complicar a encrenca.

E se a Roberta aparecesse antes? Ou a Cacá sacasse a manobra de abandono? Caramba! Odiava aquele excesso de opções...

Numa situação normal, a estrutura gigantesca do palco ou os enxames de caixas acústicas sustentados por guindastes, o deixariam boquiaberto. Nem em sonho imaginara algo tão imenso, tão espetacular e grandioso. No entanto, o fantasma da demônia furtava-lhe a tranquilidade.

Por isso, o cérebro trabalhava a todo vapor em busca de uma solução definitiva para o problema de livrar-se da megera o quanto antes e de maneira acidental.

Repilica conduzia o Jimi Hendrix em silêncio, devia estar tão preocupada quanto ele. Afinal de contas, era o alvo principal da vingança mega ultra não sei o quê...

À margem da estrada, os faróis dos carros em fila indiana revelavam a procissão de peregrinos a caminho do santuário dos deuses do *rock*. Aquela cena bonita conseguiu desviar os maus pensamentos. Tentou tirar uma foto, mas, as mãos tremiam demais. Desistiu.

Pelo menos para Cacá, o mundo seguia maravilhoso, perfeito, a infeliz cantarolava a música do rádio num tom de felicidade perversa. Tanta alegria dava nos nervos. Por que foi dar aquela maldita carona? Por quê? Quem tem pena, se depena... O pai tinha razão.

Gazetinha quase não conversou durante a viagem. A situação, de tão desesperadora, conseguiu calar a maior matraca do bairro.

De novo, o tormento da dúvida quanto à manobra de abandonar a Cacá...

Não podia dar errado. Havia o *show* do *Rolling Stones* na parada. Caramba!

Para onde olhasse, na confusão dos focos de faróis, as imagens se repetiam: barracas de *camping*, motos e automóveis estacionados à margem do caminho. Talvez, muitos ali não pudessem pagar o preço astronômico do ingresso, aí se conformavam apenas em ouvir, mesmo de longe, a lendária banda inglesa sob o manto das estrelas. Soava romântico, contudo, a realidade podia ser *punk*.

A despeito da tensão dentro do Jimi, lá fora, todos pareciam alegres. Culpa daquela maluca de cabelos azuis. Que ódio! Fala sério! Só para quebrar o perigoso silêncio. comentou em voz alta:

— Nunca vi nada igual!

Gazetinha limitou-se a falar algo sobre sentir fome.

Cacá parou de cantarolar para zoar o Zé Mané. Depois de tomar tanto refrigerante no caminho, deveria estar louco para ir ao banheiro. Riu-se.

Fingiu achar engraçado o comentário dela.

Quem teria vontade de urinar quando suava feito uma chaleira? Sofriam a maior pressão de suas imbecis vidas.

Para piorar o clima, a porcaria do Jimi Hendrix andava a passo de tartaruga, tamanha a quantidade de carros e ônibus. O *show* prometia superlotar.

A tia parecia preocupada.

A amiga problema soltou a pérola:

— Gente, se virem uma menina alta, de cabeleira azul, por favor, me avisem.

Léo fingiu prometer ajudá-la. Depois enterrou o pescoço entre os ombros. Do lado de fora, por picardia, mais pessoas risonhas, de todas as tribos, juntas, misturadas, sorrisos nos lábios, cabelos rastafári, visual de lenhador, barbudos, cabeludos, tatuados, alargadores nas orelhas, *dreads*, cabelos coloridos, penteados exóticos, roupas rasgadas, botas, anéis, jaquetas de couro repletas de botons. A grande maioria composta de jovens sorridentes, decerto não tinham problemas gigantes para resolver. Tipo fugir de uma demônia de cabelos azuis, ou despachar a discípula de *dread* da mesma cor, ou ainda prazo marcado para voltar para casa... Droga de agonia! Droga de vida!

A condutora mantinha o braço esquerdo do lado de fora da janela, sempre pronta a acenar chifrinhos para algum roqueiro exaltado.

Nesse meio tempo, foi a Cacá se entreter, para ela lhe mandar a mensagem silenciosa, cifrada pelo movimento labial:

— Precisamos nos livrar dela.

Pronto. A situação piorava a cada minuto. Também ansiava por eliminar a cretina. Só que ainda não sabia como fazê-lo. Se arrependimento matasse... Pensou na Sol. Pensou no pai. Imaginou a bruta bronca da leoa-mãe, caso o descobrisse ali. O estômago revirou. Vir escondido àquele *show* precisava ser tão arriscado? A sucessão de acontecimentos trágicos abalara os nervos. Apesar de tudo, se não viesse, iria se arrepender pelo resto da vida, igual ao homem da *Pet Shop*. Suspirou. O jeito era fazer aquela aventura valer a pena. Fixou a atenção na nuca da amiga problema, enquanto sussurrava o mantra: "vá para longe, satanás!"

Foi quando Gazetinha lhe beliscou as costelas para apontar a ermo, atrás de si, algo vindo do fundo do inferno.

Perdeu o fôlego diante da visão de um fusca azul, quase cópia do Jimi Hendrix. Porém, aquele tinha os vidros quebrados, o teto pisoteado por algum gigante enfurecido, as portas escancaradas e retorcidas, os pneus furados. Covardia absurda. Não passava de sucata. Alguns curiosos o rodeavam. Outros posavam para fotos.

Estremecido, vigiou se os demais passageiros avistaram a cena macabra. Por sorte, Cacá continuava entretida a observar a revolução dos canhões de luz. Suspirou de novo.

Pelo retrovisor de teto a condutora aproveitou a oportunidade para enviar outra mensagem silenciosa cifrada pelo movimento dos lábios:

– Os inimigos já atacaram!

As mãos caminharam pelo rosto feito aranhas loucas.

O companheiro de agonia tornou a lhe cutucar as costelas, para apontar na mesma direção. A novidade foi o vento fechar a porta retorcida do fusca destruído e revelar uma frase escrita com batom na lataria externa: *Morte aos atropeladores! Morte aos Ladrões!* O recado será para gente? Não roubamos nada! Recuou no assento, pressionou os dedos contra os lábios.

Nisso, foi a vez da Cacá lhe cutucar o ombro.

Léo soltou o ar dos pulmões. Por pouco não gritou de susto. Pensou o pior: ela avistou a pichação. Ou ouviu parte dos cochichos e matou a charada. Todavia, a interrupção possuía outro motivo catastrófico:

– Leozinho, você me ajuda a encontrar a Roberta? – A infeliz fez beicinho tão lindo no final da pergunta. Qualquer garoto se apaixonaria na hora.

Aquela proposta absurda foi a gota d'água: jurou livrar-se dela o quanto antes. Dois adolescentes raquíticos e uma coroa magrela jamais venceriam a fúria de três delinquentes enfurecidos. O fusca destruído era uma declaração de guerra. Se não fosse a parada no tal restaurante das espigas de milho, o simpático Jimi teria sido a primeira baixa em combate. Ou bolava outro plano eficiente para salvar a noite ou nem sequer assistiriam ao *show*. Encarou o mundo além do vidro lateral. As pálpebras começaram a tremer.

Nisso, avistou o Conde Drácula. O cérebro se iluminou em vez de sentir medo, acabava de encontrar a solução para tamanho tormento.

06:53:00

Nos instantes seguintes, repassou na mente os detalhes do plano absurdo: apenas a camuflagem os salvaria. A considerar a fixação da amiga pela Roberta, a possibilidade de reencontrarem os inimigos nos próximos minutos era assustadora. Por outro lado, reconheceu: só no meio do público se livrariam dela com sucesso, do lado de fora, no estacionamento ou nas catracas da portaria, continuaria grudenta, chamariz de problema de quase dois metros de altura. Portanto, nada de ajudá-la a procurar a psicopata. Dane-se.

Marcou a ordem das tarefas nos dedos: apresentar o novo plano aos companheiros, improvisar a camuflagem, passar pelas catracas, abandonar a Cacá no meio do público. Para quinto dedo, sobrou a comemoração. Riu-se daquele pensamento idiota.

A parte crítica: se ela desconfiasse da real intenção da manobra... Nem quis imaginar as consequências.

Enquanto isso, a motorista encontrou o lugar perfeito para estacionar, de onde poderia sair sem problemas. Foi a primeira a descer. A causa da pressa: examinar os estragos. Deu pena. Ela gostava muito do seu simpático meio de transporte.

Cacá saltou, deu alguns passos adiante, subiu no estribo de uma caminhonete. Pelo jeito, procurava pela repugnante criatura de cabelos azuis.

Léo contabilizou quatros para-lamas bem amassados e arranhões profundos nas laterais. Em seguida, juntou os companheiros e argumentou a hipótese de a Roberta não lembrar bem dos rostos deles. Afinal, foi tudo muito rápido. Para despistá-la, pensou em se fantasiarem. Tipo um grupo de jovens próximos, travestidos dos personagens do filme *Star Wars*. No fim, sorriu, à espera das manifestações.

De cara, Gazetinha jogou água na fervura:

— Tá! Pode até funcionar, Brô. Porém, cadê as fantasias? Cadê as máscaras...

A hippie deixou escapulir o semblante de preocupação, mordeu a lateral do dedo indicador antes de sussurrar:

— Maquiagem ajudaria? Vim preparada para outro tipo de guerra.

Beijou a mão dela.

Elevou o quarto dedo: se fizessem a manobra no meio da multidão, além das catracas da portaria, a chance de sucesso seria maior.

— Será o máximo safar-se da jararaca!

O idiota levou safanões dos dois:

— Imbecil!

— Fale baixo!

— Quer ferrar a gente!

O destrambelhado tapou a boca. Tarde demais!

Cacá chegou num pulo:

— Ouvi meu santo nome em vão! — Ainda acrescentou a sandice de que se fossem falar mal dela, adoraria participar, sabia coisas horríveis ao seu respeito. Aquele gesto era uma ameaça velada? Se sim, sim, gerou um efeito sinistro.

Arrepiou-se. Abandonou a dúvida ao sacar a realidade: não conseguiriam se fantasiar sem a ajuda da cretina. Então, lhe explicou a ideia maluca.

— Brilhou! Também quero entrar no trote. Será divertido assustar a Bebela.

Léo esfregou um pé no outro. Puxa, que fixação.

Um estojo de maquiagem foi sacado do porta luvas.

A garota apoderou-se dele, aos pulos de visível felicidade.

Já os dois, se enfiaram no Jimi Hendrix.

Enquanto coletavam as mochilas, o carinha murmurava não aguentar aquela balela:

— É Roberta daqui, Roberta dali. É mais chata que dançar com a irmã numa festa cheia de mina gata. — Em seguida, resmungou não ter gostado nada daquela história de fantasia.

Léo entortou a boca enquanto assistia, perplexo, Cacá assumir o comando dos trabalhos de transformação. Ou seja, a inocente trabalhava contra ela própria... Falava, opinava, sugeria, cheia de sorrisos, caras e bocas. Sem entender por que, ficou desconfiado de tamanho entusiasmo. Quem sabe a cretina já tinha matado a charada do atropelamento e armava uma arapuca? Aí, seria a traição das traições.

Tomara, fosse apenas cisma.

Enquanto abria a mochila sobre o capô, comentou:

— Cara, precisa trocar a camiseta. Ela entregou nosso destino para a demônia. Se a doida a vir de novo, ferrou geral. Trouxe outra, não é?

O idiota coçou o traseiro, franziu o queixo e admitiu possuir outra sim, igual àquela; pior, havia deixado em casa.

Retrucou a pergunta óbvia:

– Quem seria tão imbecil de comparar duas camisetas idênticas?

Alegou não resistir às famosas promoções de duas pelo preço de uma. Oferta imperdível para qualquer fã de carteirinha.

– Deus! Entregará a gente de novo, seu panaca!

O carinha zombou da idiotice de trazer troca de roupa.

– Só gente doida faria isso.

Os dois se preveniram para atender emergências do tipo: tomar banho de cerveja ou ser atropelado por cachorros quentes distraídos...

Caramba! Aquele furo levava plano por água abaixo...

Nisso, encontrou a solução: usaria a túnica da Mika. Avistou uma de bobeira na mochila entreaberta dela. No carinha, bem mais baixo, a roupa funcionaria tipo um vestido.

O protesto veio nervoso:

– Pô, bancarei o travesti. Tô fora!

– Pensei num anjo de cabelos vermelhos.

– Anjo? Qual é! Passo a vez!

Esmurrou o peito do cretino:

– Se quer morrer, problema seu! Mas, matar a gente junto, sacanice!

O sujeitinho choramingou que o problema chamado Cacá não lhe pertencia. Por que pagaria o pato? Negou-se a passar aquela vergonha.

Léo sapateou.

– Cara! O problema é essa camiseta estampada com a logomarca dos *Stones*. Entenda! Perderemos o *show*, a viagem, a vida por causa dela. Só se você topar uma solitária missão suicida...

Um abismo se abriu-se na discussão.

No instante seguinte, o garoto enterrou as mãos nos cabelos vermelhos, estatelou os olhos, por fim, aceitou o sacrifício. Porém, ameaçou entredentes: se algum chegado o reconhecesse, seria o fim definitivo da amizade. Abanou o dedo em riste para ilustrar o detalhe da promessa.

Léo caminhou alguns passos e comentou a ideia do anjo para as mulheres. Cacá morreu de rir. Repilica tapou a boca.

De longe, Gazetinha fazia cara feia.

Recuou e puxou a orelha dele. Para a megera, as fantasias eram trotes. Agora, diante das caretas de contrariedade dele, desconfiaria da verdadeira intenção.

– Aí, a gente morre! Sacou?

O carinha baixou a cabeça. Deu pena. A fantasia do coitado talvez não ficasse lá muito bonita. Entretanto, na guerra, vale tudo. E as duas fizeram justo isso, transformaram o tagarela num anjo bem estranho.

Mikaela ganhou um penteado escorrido sobre parte do rosto, maquiagem escura, contornos pálidos nos olhos.

Léo vestiu a camiseta escura de reserva, virou a blusa de frio ao avesso, banho de creme nos cabelos penteados para trás. No arremate, fez pose de pernas abertas, bem ao estilo de astros do *rock* dos anos 50.

Após ser transformada numa morta-viva, a megera posou de monstro no corredor do estacionamento, foi quando, do nada, gritou feito louca, aos pulos:

– Não acredito! Não acredito!

A tia arregalou os olhos.

Procurou pelo óbvio: contudo, nem sinal dos delinquentes. Qual foi da cretina?

Gazetinha flexionou os joelhos, aparentava querer fugir. Mas, só afrouxou os ombros.

Fim do suspense: só para variar, a Cacá pisara numa pastosa cáca de cachorro.

Decerto, por causa da tensão, ninguém riu.

Para disfarçar a frieza humorística dos companheiros, Léo sugeriu uma foto. Buscou a máquina no Jimi, regulou o timer, posicionou-a sobre o capô e correu para sair na pose.

Ela fez careta para o sobrinho durante toda a manobra. Esquecera o detalhe de a tia odiar ser fotografada.

Gazetinha cochichou no ouvido do amigo:

– Genial a ideia das fantasias! A Roberta jamais nos reconhecerá. Enganarei até meus amigos.

Deus lhe ouça! Suspirou.

Depois de guardar as tralhas no porta-malas, os quatro partiram.

Cacá foi a primeira a passar pela catraca. Do lado de dentro, espreguiçava, cheia de sorrisos.

Na sua vez, arquejava de emoção, afinal, eis o momento histórico do primeiro *show* internacional. O segurança acendeu a lanterna azul, pediu a identidade. Para exibir o documento, posou de árbitro de futebol.

O brutamontes emendou a pergunta:

–Você é menor?

Logo atrás, Gazetinha atravessou na conversa a zombaria sobre a estatura do companheiro.

Pronto! *Cotonete* sujo de cera de ouvido agora fala. Pensou. Só não falou em voz alta para não gerar discussão na fila.

De semblante amarrado, o homem indagou sobre o adulto responsável.

Mikaela se apresentou.

Gazetinha soltou outra pérola:

– Só pra ficar claro, não sou sobrinho dela não, viu?

Deu duas cotoveladas no idiota. Uma por lhe chamar de nanico há pouco, outra, pela nova bola fora. Só faltava se enrolarem por causa daquele comentário.

O estômago gelou.

Aí, o maldito exigiu as autorizações dos pais registradas em cartório.

O intestino borbulhou. Diabo era aquilo?

Mikaela gaguejou:

– Co-como é que é?

O segurança apontou o verso do ingresso e sem demonstrar nenhuma emoção, e em voz alta, leu a condenação à morte:

AVISO IMPORTANTE:
Menores de dezesseis anos somente ingressarão no recinto, acompanhados dos pais ou de adulto, autorizado por um daqueles ou por quem detenha o pátrio poder, com assinatura reconhecida em cartório.
Além de cópia das identidades dos envolvidos.

A saliva amargou.

Gazetinha começou a sambar.

Diante do silêncio dos três, o algoz soltou a fita delimitadora do corredor e sentenciou:

– Lamento. Não poderão entrar!

O mundo desmoronava enquanto as pessoas próximas sorriam. Massageou o rosto. Relembrou o momento desde quando encontrou Gazetinha no portão até aquela tragédia inesperada, onde morria na praia. No entusiasmo, nem se preocupou em ler as tais letras miúdas do verso. Maldição! Tentou segurar, mesmo assim, as lágrimas atrevidas rolavam pelo rosto. Haveria outra forma de resolver o caso além de reconhecer a derrota vexatória? Porcaria de vida! Restava-lhe vender o maldito ingresso, voltar, recuperar Estrela. O importante: rezar para os pais não descobrirem a trapalhada medonha. Do contrário, além da queda, o coice...

06:38:00

Os dois se abraçaram enquanto as lágrimas escorriam.

Mika Repilica os consolava sobre terem uma vida inteira pela frente. Perderam aquela batalha. Ganhariam outras.

Em seguida, cochichou para o sobrinho.

– Pense fora da caixinha! Saia do quadrado. Tragédias podem nos transformar em pessoas melhores ou nos internar no hospício...

Esforçou-se para pensar além do óbvio, mas, nenhuma droga de ideia brilhante surgiu. Puxa! Precisava passar para o lado de dentro daqueles muros de lata. Qual o sentido chegar até ali, ingresso no bolso, para morrer na praia? Perderia a chance de paquerar a Sol, perderia os *Stones*. O Gazetinha sambaria enlouquecido por dias, coitado. Repilica não reencontraria o grande amor do passado. Depois de tanta luta, aquela aventura acabava tão melancólica.

Nisso, uma estrela cadente riscou o céu. Desvencilhou-se de Gazetinha para pedir um milagre. Cerrou os punhos e jurou para si arrumar um jeito de entrar ou não se chamaria Leonardo.

Em seguida, ruídos de microfonia fizeram-no olhar na direção do amontoado de caixas acústicas, sustentadas pelos tais guindastes, próximas da parte visível da cobertura do longínquo palco, quase na linha do horizonte. A voz rouca do locutor anunciou:

Alô! Alô, fãs do rock! Não é sonho!
Os Rolling Stones acenam para vocês do alto...

O ronco estrondoso de helicóptero ficou evidente, cujas luzes rasgavam o escuro da noite.

O barulho da multidão, além do muro, se fez intenso. Os sortudos da fila vibravam os braços.

A certeza de que conseguiria entrar esmoreceu...

De pálpebras úmidas, a aconselhou não perder o *show*, nem deixar de reencontrar o amor por culpa deles... Fosse feliz! Não se preocupasse. Esperariam por ela no Jimi Hendrix. Seria divertido. Tinham refrigerantes no isopor. E venderiam os ingressos por um bom preço. Além disso, do lado de fora, havia muitos contentes em apenas ouvir de longe. Talvez aquela fosse a grande lição da noite: satisfazer-se com a sina.

Ela reposicionou os cabelos nas laterais do rosto:

– Nada feito. Encontraremos uma solução juntos. Esqueceu-se da missão cupido? Não se safará de mim tão facilmente, rapazinho.

O celular vibrou no bolso do *jeans*. Sacou o aparelho, o ícone do aplicativo de *chat* destacava-se.

Gazetinha acompanhou a manobra sem muita discrição.

Ela também sacou o telefone, no qual passou a teclar rápido.

Léo clicou no ícone específico do mensageiro. A foto de Cacá surgiu. Puxa! Havia se esquecido dela.

O que aconteceu?

Fomos barrados! Eu e o Gazeta.

Por que?

Somos menores, ora!
Não temos autorização de nossos pais.

Aí ferrou!
Quem mandou virem escondidos?

Pois é.

E aí, maluco! Qual o plano?

Ouvir o show do estacionamento...

Para! Conta outra.
É o garoto mais inteligente que conheço.
Achará outro jeito!

> Osso, viu.
> Já, já te dou notícias.

> Esperarei vocês aqui.
> Não demorem.
> rsrrsrrsrs

— Putz, véio! Garota chicletes.

Léo abandonou o *chat* para admirar o voo rasante do tal helicóptero escuro. A barriga do aparelho exibia a logomarca da banda. Mick Jagger nunca estivera tão próximo. Foi quando algo molenga deslizou pelo ombro direito.

Não desabou no chão empoeirado graças ao reflexo de Gazetinha.

Enviou um grito por mensagem de voz:

— Cacá, aguenta aí. A Mikaela teve um piripaque!

Enfiou o aparelho no bolso do *jeans*.

— Qual foi?

— Ela desmaiou, Gazeta! Desmaiou! Agora é cego?

— Deu para perceber, né! Ela se assustou com o quê?

Em vez de responder, murchou os lábios. A única explicação: o fato de terem sido barrados na entrada. Se fosse essa a causa, o cérebro da coitada demorou muito para processar... Ou, talvez, fosse o tal efeito bomba relógio defeituosa, aí, o desmaio ocorreu ao acaso. Arrastou as mãos pelo rosto até o queixo. Não sabia tratar desmaiados. Desconhecidos apontaram para a bandeira do posto de saúde, além da além da entrada *vip*.

— Vamos levá-la ao médico!

— Ficou doido? O posto está do lado de dentro dos muros.

— Melhor! Agora poderemos entrar!

Enquanto ajudava a carregar a moribunda, reavaliava a causa do desmaio. Não podia ser a falta de autorização dos pais. Afinal, ela até os consolara. Troço sem sentido. Ou, um gatilho oculto detonou o sintoma. Estaria doente? Talvez escondesse o terrível segredo de lhe restar pouco tempo de vida. Por isso, a fissura por reencontrar o ex-namorado e de ir naquele *show*...

Quem sabe, os médicos do posto revelassem a verdade. Tomara, não fosse nada grave.

Na tal portaria exclusiva, pouco movimentada, suplicou por socorro.

O segurança não esboçou emoção, limitou-se a dizer, feito robô:

– Aqui só entram os credenciados!

Alegou possuírem entradas.

De resposta, recebeu o abano negativo de cabeça.

Gazeta acrescentou o fato do ingresso dele se encontrar num dos bolsos da túnica.

Léo o encarou, enquanto achava aquela história muito esquisita.

O espertinho lia mesmo pensamentos, pois alegou o detalhe inquestionável de ser desastrado. Em seguida, gritou para o porteiro:

– É uma emergência!

O homem não se mexeu.

Léo recolheu os três ingressos e os apresentou.

O brutamontes insistiu na exclusividade das credenciais.

– Quer ser responsável pela morte dessa mulher? Polícia? Boletim de ocorrência? – Gazetinha meneou a cabeça.

O homem fechou a cara, enfim conferiu os ingressos no maldito foco azul da lanterna.

– Rápido! A minha tia morrerá aqui!

Apesar do apelo, o sujeito não destravou a roleta. Ao invés disso, acenou para alguém fora do campo de visão.

Os dois se entreolharam.

Logo apareceram três sujeitos de jalecos brancos, passaram pelo portãozinho lateral, examinaram a paciente, a acomodaram numa maca e seguiram no rumo do posto médico.

Os dois tornaram a se entreolhar.

O segurança fechou o portãozinho e limitou a dizer:

– Problema resolvido! – Devolveu os dois ingressos.

Gazeta argumentou serem sobrinhos e acompanhantes.

– Lamento! Precisarão usar a portaria de cima! – Apontou a câmera de vigilância.

Léo deixou os ombros caírem em sequência, enquanto acompanhava a maca mergulhar no ofuscamento das luzes da área interna. A tentativa de aproveitar o piripaque só serviu para complicar a situação. Há males que vem para pior. Não podia entrar, nem voltar para casa. Sem lanche, sem a água e sem os refrigerantes da caixa de isopor, pois as chaves do Jimi Hendrix seguiam num dos bolsos da desmaiada. Pior, se os carecas aparecessem, seriam presas fáceis. Sapateou. Lágrimas voltaram a escorrer pelo rosto.

Abriu o aplicativo de *chat* para pedir ajuda para Cacá, por capricho do destino, a única pessoa disponível do lado de dentro daqueles muros de metal. Sem resposta.

Bela noite odiosa de sábado.

Já o helicóptero, pousava além do palco, num ninho de poeira.

O companheiro ciscava o chão, numa clara expressão de derrota.

06:22:00

Léo pulou até enxergar a Cacá no meio da multidão. Acenou, abanou os braços... A lerda demorou a responder. Separados pela distância, pelo barulho, usou gestos para passar a mensagem de emergência, ela aparentava não entender nadica de nada. Porcaria!

O amigo gesticulou também.

No desespero, exibiu o celular antes de recorrer de novo ao aplicativo de *chat*. Precisava de notícias sobre o estado de saúde da tia. Sem ela, qual a graça de estar do lado de dentro ou de fora das roletas?

Posicionou a ponta da língua no canto dos lábios enquanto teclava rápido:

> Cacá! Titia desmaiou
> Foi levada para o posto médico,
> do seu lado esquerdo.
> Corre para lá, por favor.
> Procurarei um jeito de entrar...

> Deixa comigo.
> Não posso ajudá-los,
> Pois a saída é sem retorno.
> Se cuidem.

> Tá beleza!
> Mantenha contato.

Chutou o vento, acabava de mandar a raposa cuidar do galinheiro. Em seguida, puxou Gazetinha pelo braço.

Este quis saber para onde iam? Achava melhor esperar por notícias da Dona Mika ali.

— Tenho um palpite, Brô.

— Palpite? Desde quando palpite é solução?

Léo não respondeu. Observava as pessoas na fila, as revistas dos seguranças, os menores com folhas de papel nas mãos, decerto, as drogas das autorizações... Por ali, não entrariam de jeito nenhum. Precisava seguir o conselho dela, pensar fora da caixinha, fora do quadrado. Troço difícil de fazer na afobação...

Voltou a andar para o lado esquerdo do estacionamento.

Gazetinha corria atrás a repetir as perguntas:

— Qual foi? Pra onde a gente tá indo?

Parou adiante:

— Dá para gente passar por ali. — Apontou outra entrada, a cerca de quatrocentos metros, onde dois caminhões encostaram. — Só precisamos melhorar as nossas fantasias!

O amigo entortou os lábios numa careta de puro desânimo.

Léo correu os olhos nas próprias vestes e juntou as sobrancelhas. Fitou o falastrão e indagou sobre quanto dinheiro possuía.

Aí, a resposta simples virou discussão. O pão duro reservava a mixaria da carteira para comprar refrigerantes e algum lanche.

Léo ralhou sobre a burrice de deixar a mochila cheia de comida no carro. Agora, não tinham as chaves.

Por incrível que pareça, o imbecil argumentou sabiamente que após os últimos atentados terroristas na Europa, ninguém ingressava em *shows* daquele porte com bolsas ou mochilas. Por isso, não trouxe a sua.

— Tá! Quer entrar ou não? A sua grana pode salvar a noite!

O comilão fez cara feia.

Arrastou-o pelo ombro.

Adiante, espiou o interior de uma caçamba de lixo. Indagou o vendedor ambulante próximo sobre o preço dos óculos escuros.

O unha de fome partiu para bronca. Não concordou em torrar seus míseros tostões naquela porcaria falsificada. Zombou da loucura supérflua de usar o acessório à noite. Num dado momento, sapecou a pergunta sensata:

— Qual o plano afinal?

Léo explicou a maluquice de os dois se fingirem de cegos. Contudo, a grana curta só comparava um par de óculos. O jeito era reciclar a ideia original: um cego e um surdo-mudo.

— Escuta aqui, não é errado forçar a entrada? Pode dar B.O. Imagine se for preso? A Dona Dulce me matará, me ressuscitará e me matará de novo.

— Sem essa! Você nunca foi santo. Errados estamos desde o começo, ao embarcar nessa aventura escondidos dos nossos pais. Ou prefere perder o *show* do século?

De propósito, os canhões de luz se revolucionavam na abóboda celeste quando o locutor anunciou a banda desconhecida de abertura. Ou seja, em breve, os *Stones* subiriam no palco...

Léo apertou o ombro do amigo de cabelos vermelhos.

— Vai topar ou vai correr?

As bochechas do infeliz tremeram ao entregar a grana.

Já o vendedor sorriu de orelha a orelha ao entregar a mercadoria por vinte e cinco.

Burrice. Devia ter oferecido menos para o safado.

Afastaram-se.

— Prefiro bancar o cego.

— Tá louco, falastrão! Poria o plano a perder.

— Quem vai acreditar nessa loucura?

— Se apenas o porteiro da entrada de baixo cair no lero, beleza! Atenção para o básico: surdo-mudo não fala! Entendeu? Ou quer que eu desenhe?

O desastrado de carteirinha retorceu o nariz.

Léo voltou à caçamba de lixo, desenroscou o cabo de uma vassoura velha e improvisou uma bengala. Colocou os óculos, fez pose de Al Pacino e sorriu. Perfeito.

Os dois partiram para executar a estratégia.

O vacilão seguia desengonçado.

— Ande direito. Você é surdo-mudo, não palhaço. Detalhe: pelo amor de Deus, cale essa maldita matraca!

Instantes depois, se aproximavam dos seguranças, alguns armados. Havia outros dois a revistar os caminhões.

Léo cumprimentou-os e exibiu os ingressos sem virar o rosto. Para viver o personagem, segurava a bengala e mantinha o queixo elevado.

Atrás de si, Gazetinha grunhia vocábulos indecifráveis.

Incomodado, quase não resistiu à tentação de conferir o circo do amigo. Conteve-se a tempo de não atrapalhar o disfarce.

O segurança soltou o vozeirão rouco para anunciar a proibição da entrada de pedestres por ali.

— Moço. Quebra essa! O táxi nos deixou no lugar errado.

Gazetinha gesticulava numa linguagem de sinais bem atrapalhada, repleta de sorrisos e mímicas.

Os caminhões grandes entraram.

Outro segurança surgiu, a coçar a testa.

Léo passeou a língua entre os lábios. Derretia-se de suor.

Os dois homens cochicharam entre si. O segundo iluminou os ingressos, fez cara de poucos amigos e voltou a cochichar no ouvido do primeiro.

Gazetinha grunhiu.

Só faltava o infeliz estragar o disfarce.

Nisso, parou um pequeno caminhão baú. O motorista desceu, aproximou-se, disse algo sobre entregar gelo. Trazia muitas folhas de papel debaixo do braço.

De propósito, Léo protestou alto, quase aos gritos, sobre serem portadores de necessidades especiais, na esperança de o motorista recém-chegado oferecer algum tipo de ajuda.

Um dos porteiros lançou a primeira ducha de água fria ao informar a distância de 800 metros, além do caminho de cascalho, no meio do mato, até a área de *show*. A opção lógica era portaria principal.

O outro, jogou um balde de água gelada:

– Sem chance, por aqui vocês não entram!

Rangeu os dentes. Avistavam-se as primeiras luzes da área de *show* ao longe. De fato, uma dura caminhada, mesmo para pessoas sem deficiências. Arrumava outra argumentação ou ficaria do lado de fora pelo resto da noite. Resolveu arriscar: tremulou o cabo de vassoura até tocar as pernas do motorista. A intenção: forçar a ajuda salvadora.

Nisso, Gazetinha recomeçou a palhaçada das gesticulações, mímicas e grunhidos sem sentido. Imbecil. Bastaria ficar calado. Mais simples, impossível.

O motorista riu.

Os seguranças taparam as bocas, mas, também não conseguiram segurar o riso. Pronto, um passo, cairia no precipício da desilusão.

Ainda mato esse paspalho...

06:10:00

Quando o pequeno caminhão parou, ainda observava a bandeira tremulante do posto médico ao longe, engoliu a alegria ao dar-se conta do detalhe: precisava encontrar a tia antes da Roberta. Separados, seriam alvos fáceis. Pior, se ela fosse pega, estariam muito encrencados.

Ia agradecer ao sujeito simpático do caminhãozinho de gelo pela carona salvadora. Além de se oferecer para fazer a caridade, enfrentou a arrogância dos seguranças truculentos. Simplesmente, salvou a noite.

Prestativo, argumentou:

– Se não estivesse tão atrasado... – Mostrou o calhamaço de papéis sobre o painel. – Levaria vocês. No entanto, se demoro, os meus clientes costumam se derreter de raiva. – Riu-se.

Já no solo, Gazetinha gesticulava sinais indecifráveis. Retardado.

O motorista parou de rir, para dizer um "espere" bem suspeito.

Após firmar os pés na grama e de deixar a bengala improvisada cair no gramado, pronto para correr em disparada, deu-lhe a devida atenção. Naquela maldita noite, havia se especializado em fugas.

– Esse garoto de cabelos vermelhos não me engana!

Os músculos faciais paralisaram. A boca se abriu sozinha.

O homem juntou o fato de o Gazeta ser muito atrapalhado e qual o interesse de um surdo-mudo por um *show* de *rock*? Os seguranças só podiam ser imbecis. Entendia do assunto por ter um sobrinho surdo. Aí, não foi difícil matar a charada. Resumiu:

– São menores, loucos pelos *Stones*, sem autorização dos pais para estarem aqui. Adivinhei?

Pressionou um lábio contra o outro, agarrou as alças da máquina fotográfica e aproveitou-se da privacidade das lentes escuras para vigiar em volta. Havia muitos seguranças nas redondezas. A questão pedia respostas cuidadosas. Na prática, as palavras se engarrafaram na garganta.

O motorista insistiu:

— Acertei ou não?

Léo tremeu. Se corresse, talvez fosse pior. Se ficasse...

Gazetinha se aproximou.

Aí, o sujeito furtou a cereja do bolo:

— Onde já se viu cego carregar máquina fotográfica?

Trêmulo, os óculos escorregaram para a ponta do nariz. Reconheceu a irônica verdade: no lugar de o companheiro atrapalhado estragar os disfarces, a sua prepotência cometia a besteira das besteiras. Burro! Estúpido!

Nisso, Gazeta fechou a fatura:

— Cacilda! Agora quem é o idiota?

A mentira dos dois desabava.

Fixou os malditos óculos nos cabelos e parou de respirar.

Apenas um aceno daquele homem, para os seguranças caírem sobre os penetras. Em instantes, estariam do lado de fora de novo. Pior: sem os ingressos, sem os *Stones*, sem as chaves do Jimi Hendrix, sem nada.

Juntou as mãos e suplicou misericórdia.

Gazetinha confessou:

— Somos loucos pelos *Stones*, tio!

O motorista sussurrou a palavra mágica:

— Relaxem!

Léo expulsou todo o ar acumulado nos pulmões. Usou a gola da camiseta para enxugar o suor do pescoço. Ainda não conseguia falar de nervoso.

— Valeu, tio! Confesso: nessa de bancar o surdo-mudo, sobrei tipo cebola roxa em salada de frutas.

— Ei! Você é xará do meu filho! — O motorista apontou para Léo antes de continuar. — Cuidado, hein. Não se metam em encrencas! Caso necessitem de ajuda... — Sacou do bolso da camisa um recorte retangular de papel. — Não hesitem em pedir socorro. Sou muito bom em situações geladas! — Acenou adeus e enfeitou o rosto com um sorriso.

Pegou o cartão de visita ainda sem acreditar na sinceridade da oferta. Acenou de volta, bateu a porta da boleia, esperou o pequeno caminhão se afastar para examinar o conteúdo:

> **Geleira Esquimó ltda.**
> *Gelo em barra, cubo, escamas*
>
> **Marcelo Guedes**
> *Representante Comercial*

Gazetinha desdenhou a utilidade do presente, preferiu gritar de braços abertos:

— Repara essa maravilha!

Referia-se ao oceano de gente.

Quis se alegrar, entretanto, se preocupou. Guardou o cartão no bolso traseiro do *jeans*, sacou o telefone, discou rápido. Ao invés do tom de chamada, escutou a mensagem de fora de área.

Tentou ligar para Cacá, a mensagem se repetiu. Encarou Gazetinha de ombros murchos:

— Não atendem. Precisamos de banho de sal grosso!

— Xi! Aposto que a carga das baterias acabou. E se jamais a encontrarmos? Hein?

Léo inflou as bochechas ao imaginá-la espancada pela Roberta. A coitada não pesava quase nada. Morreria ao primeiro tapa.

— Cara, sinto lhe informar, estamos por nossa conta. Já pensou num plano B?

Liberou o ar aprisionado nas bochechas. Naquela altura dos acontecimentos, aquele jogo de gato e rato havia se transformado num perigoso vale-tudo. Só havia um plano: vencer. Por outro lado, se estivessem mesmo sozinhos? Caramba! Carambola! O cérebro pediu *reset*.

06:02:00

Na ponta dos pés avistou melhor a bandeira do posto médico. Traçou na mente o caminho sinuoso para chegar até lá. Precisavam ser rápidos, não parava de pensar no risco extremo a rondar a tia. Sem ela, sem dinheiro, sem as chaves do Jimi, nunca voltariam para casa dentro do prazo.

Então, vociferou para o amigo deixar de dizer bobagens. Entraram naquela louca aventura em três, terminariam da mesma forma. Ninguém ficaria para trás. Portanto, tinham a obrigação encontrá-la antes da Roberta.

Reparou em volta. À frente, a entrada dos camarotes *vip*. Do lado esquerdo, o helicóptero negro, protegido por uma cerca de metal. No meio de tudo, dezenas de pessoas circulavam, vestiam camisetas escuras estampadas a palavra *STAFF* nas costas, carregavam volumes, empurravam carrinhos lotados de caixas de bebidas, sacos de gelo triturado da *Geleira Esquimó*, caixas grandes de madeira de cantos metálicos... Do lado direito, repórteres, câmeras de TV, se aglomeravam na entrada de um ônibus de dois andares. Com certeza, o camarim móvel da famosa banda inglesa.

Gazetinha resmungou sobre a Cacá.

Léo fez de conta que não o ouviu. Conferiu o relógio, passava da meia-noite. Já o cronômetro do celular, em contagem regressiva, acusava menos de seis horas para zerar. Achou o prazo apertado demais. O tempo já jogava contra eles.

Deus, tá certo, desobedeci a minha mãe, contudo, precisava custar tão caro? Desligou o telefone para economizar bateria.

Gazetinha resmungou:

– Se é para salvar a Dona Mika, vamos logo! O *show* começará daqui a pouco.

Começaram a correr.

Adiante, o cretino elevou os braços e comemorou o tamanho da multidão. Depois de localizar a Mika Repilica, se esconderiam no meio dela. Problema resolvido. A Roberta jamais os encontraria.

Não era tão simples. Tinham um problema chamado Cacá e ainda precisavam fazer as pazes com a sorte.

Intervalo de silêncio.

À frente, Gazetinha tornou a lamentar pela saúde da moribunda. Só faltava ter acontecido algo pior.

— Vira essa boca agourenta para lá! Foi apenas um desmaio. Papai frisou que ela volta em minutos.

Nisso, o desastrado trombou forte num garoto.

Léo parou. Prendeu o fôlego. Cerrou os punhos, pronto para se defender do cerco de seis adolescentes carecas e mal-encarados.

O maior encostou o dedo no nariz de Gazetinha e partiu para o desacato: — Qual foi, Branca de Neve?

O restante riu.

Só faltava aqueles moleques pertencerem ao grupo da Roberta. Se sim, pelo menos não os reconheceram. Por outro lado, talvez fossem só outra encrenca naquela noite odiosa... O couro cabeludo voltou a coçar. Caraca!

Gazeta recuou, pediu desculpas. Não adiantou de nada.

Os carecas riram.

O mais mal-encarado zombou:

— Resposta errada, Branca de Neve! Não aceitamos desculpas!

Aí, o atrevido desacatou Léo:

— Canta para gente, Elvis Presley! Sem rebolar, por favor.

Gargalhadas.

Léo puxou o amigo para junto de si.

O grupo apertou o cerco.

O maior esclareceu:

— A parada é a seguinte: trombou na gente, pagou prenda!

Risos.

Ou seja, sofriam um *bullying* odioso.

As veias do pescoço se enfeixaram. Dois contra seis! Pensou em reagir, no entanto, reconheceu a batalha perdida.

Nesse meio tempo, o careca magricelo, varapau, retirou uma garrafa achatada do bolso interno da jaqueta, cheia de um líquido esverdeado e a jogou para o grandalhão.

O grupo inteiro fez festa.

Aquela repentina alegria lhe pareceu sinistra.

O maior de todos sentenciou sem julgamento:

– Um gole cada e estarão liberados!

Gazetinha fez cara de nojo.

O maior de todos levou a garrafa à boca, tomou dois goles generosos, retorceu o rosto, deu três pulinhos, por fim, gritou bem alto:

–Viva o *rock in roll*, seu merda!

Da parte dos agressores, risos, gargalhadas, socos no ar.

Léo engoliu seco.

– Agora é a vez da Branca de Neve! – O grandalhão sorriu tipo vilão de gibi.

O grupo transformou o cerco num amontoado desorganizado de expectadores, típico de briga de rua. O ar se impregnou de cheiro de suor ardido.

Léo nunca confiou em gente que fosse alheia a banhos e a sabão.

Sem ter como fugir, Gazetinha tomou da bebida, retorceu a face vermelha, esbugalhou os olhos, pulou de pés juntos, cerrou os dentes, gritou como se o interior do corpo queimasse.

Risos, palmas e gritos brotaram na turba de covardes.

O grandalhão encarou a próxima vítima.

Sem saída, encostou a ponta da língua na boca da garrafinha achatada... Antes de qualquer esgar, o moleque maior entornou o conteúdo entre os seus lábios. O líquido levemente amargo afogou a língua. As mucosas pinicaram. Segurou para não engolir. Piscou várias vezes, vibrou os braços feito maluco de rodoviária.

Os garotos gritaram as mesmas palavras de ordem, gesticularam chifres. Em seguida, desfizeram a roda ameaçadora. Na partida, davam tapinhas nas costas das vítimas.

O magricelo alto coletou a garrafa achatada antes de desaparecer.

Léo cuspiu a bebida, mesmo assim, sentiu parte dela descer pela garganta, a queimar o esôfago. Tossiu. Que diabo de bebida forte? Decerto, álcool puro colorido de verde.

Gazetinha confessou a impressão de ver o mundo girar.

Massageou a testa. Para ele, ao contrário, tudo em volta parecia disforme.

Imaginou mais complicações para a jornada que ainda tinham pela frente ao especular o efeito da bebida no Gazeta, o idiota engolira uma boa quantidade. Aquela situação inesperada atrasaria a operação de salvamento.

Empurrou o amigo ruivo, para voltarem a caminhar.

O carinha protestou, claro. Se já falava muito, sóbrio, daí o apelido de nome de jornal, uma vez bêbado, passou a falar pelos cotovelos. Primeiro, cometeu o disparate de achar os carecas legais pelo simples fato de ofertarem a tal bebida verde. Por causa dela, ficou animado. Além disso, todas as meninas ficaram bonitas. Ora gritava, ora falava, ou repetia assuntos e cruzava as passadas.

Léo chamou a atenção para ao menos olhar por onde pisava... Ao invés de acatar a sugestão, o carinha arrotou.

Apesar dos pesares, tiveram sorte. Se os moleques pertencessem à turma da demônia, melhor nem pensar no desfecho do caso. Lembrou-se do fusca destruído e travou o maxilar.

Gazeta prometeu, entre soluços, ser cuidadoso.

Sugeriu andarem em formação de patrulha. Havia aprendido o macete noutra aventura com os internos de um orfanato. Logo, enquanto caminhavam, cada um vigiava numa direção, dessa forma, um protegia o outro.

– Legal! Pode deixar a esquerda comigo.

Léo duvidou da capacidade de raciocínio do amigo bêbado.

O carinha proferiu a pergunta idiota:

– Cara, qual lado é o esquerdo mesmo?

Preferiu não responder.

Se conseguisse levá-lo até o posto, já estaria de bom tamanho. Ao longe, cada vez mais nítida, a bandeira tremulava. Desistiu da tal formação de patrulha. Preferiu empurrar o Gazeta.

Adiante, o imbecil chamou a atenção para uma garota de cabelos azuis.

Parou. Protegeu-se atrás de algumas pessoas. O corpo gelou. Do seu lado direito havia outra menina de cabelos azulados.

Gazetinha arrotou de novo.

Léo tapou o nariz. Conferiu em volta. Para seu desespero, havia dezenas de cabeleiras azuis, de diversos tons. Alucinação não era, do contrário, veriam todas do mesmo jeito... O problema: qual a distância segura para confirmar a Roberta verdadeira? Não devia ter saído de casa.

O imbecil sugeriu que todas pertenceriam à mesma gangue de medusas azuis...

– Tem essa gangue mesmo? Ou tá de brincadeira? – Sacudiu o amigo.

Havia inventado o nome macabro para fazer graça.

Cruzou os braços. A Dona Mika no posto médico, Gazeta bêbado, a Roberta no encalço dos três... A qualquer momento, estariam mortinhos da silva. E o carinha brincava...

Voltou a empurrá-lo pelos ombros, para firmar as próprias pernas, O mundo, agora, girava para ele também.

Por sua vez, o cretino trocava passadas evasivas, ria, balbuciava palavras sem nexo. A caminhada transformou-se numa peleja.

Enfim, chegaram.

O posto médico funcionava num pequeno circo. Camas dobráveis distribuídas no círculo maior, algumas protegidas por cortinas. Um grupo de jalecos brancos conversava numa mesa central.

Gazetinha voltou a soluçar.

Léo o deixou abraçado a uma das colunas metálicas da entrada e entrou.

Nem sinal da bendita nos poucos leitos ocupados. Chegaram tarde. Tarde demais, só isso.

Voltou para ouvir o língua inchada, gaguejar a pergunta desesperadora:

— Véio, ca-dê a Do-na Mi-ka?

O corpo formigou. Dentro do posto não conseguiu nenhuma notícia sobre ela ou a Cacá. Apesar de descrevê-las, ninguém viu, ninguém soube. Eis os novos enigmas: ela nunca chegou ali? A Roberta consumiu a vingança? Seriam as próximas vítimas? Balançou o amigo em busca de apoio.

O sujeitinho sorriu, soluçou, arrotou. Pior, coçou o traseiro. Sem nenhum pudor, cheirou a ponta dos dedos, tornou a sorrir. O óbvio: ele não possuía condições de combater. Muito menos de se portar no meio das pessoas.

Maldita bebida esverdeada. Maldita falta de sorte. Maldita noite.

Reconheceu-se só.

05:51:00

Argumentou carecer da ajuda dele para encontrar Mikaela. Sem ela, na melhor das hipóteses, não conseguiriam chegar em casa dentro do horário. Aí, ferrou geral.

Gazetinha o balançou e teve o desplante de dizer:

– Relaxa, Brô! Gente bêbada não raciocina direito.

Putz! Conferiu em volta. Só imaginava uma explicação para o sumiço: um ataque direto da Roberta. A essa altura do campeonato, a Cacá mudou de lado e entregou para a inimiga o trunfo das fantasias.

Ao invés de ajudar na solução do impasse, o carinha murmurou algo a respeito do quão desejava mais um gole da bebida verde... Só falava besteiras.

Porcaria de aventura. Bem feito. Merecia. Devia ter obedecido à leoa-mãe.

Nisso, o companheiro grunhiu:

–Vim para assistir ao *Rolling Stones*! Portanto, não quero brincar de procurar a Dona Mika. Ponto final!

– Quanto àquele papo de estarmos juntos? Hein?

Em vez de se manifestar, o infeliz balançou, por pouco não caiu. Talvez, não estivesse mesmo em condições de participar de nenhuma caçada.

Léo estapeou o próprio rosto. Não se sentia bêbado, afinal conseguira cuspir quase toda a bebida, restou apenas a vontade de vomitar. O estômago revirava. Logo, não podia procurá-la sozinho. Um contra três! Suicídio.

Correu as pontas dos dedos pela testa antes de ceder aos argumentos do amigo. Se ela não aparecesse em cinco minutos, iniciaria a busca, mesmo sozinho.

– Tá engraçado para caramba. A banda de abertura já apresentou os músicos. Daqui a pouco, os *Rolling Stones*. – Apontou o palco. – E a gente aqui, no maior vacilo, perdidos, na primeira noite só nossa e nem percebemos.

Léo sapateou. E se o sujeitinho estivesse certo? Dezenas de pessoas se perdem em locais superlotados...

A visão continuava embaçada. Ou experimentava a primeira ressaca da vida? Bobagem... Se estivesse mesmo bêbado, nunca teria chegado ao posto.

Ainda alimentava a esperança de encontrá-la bem.

Gazetinha prometeu morrer de rir se a duas estivessem na fila dos sanitários químicos. Apontou a ermo.

A vontade de vomitar voltou forte ao se lembrar do cheiro ruim dos tais sanitários. Odiava-os. Havia uma fileira deles não muito longe do posto, onde muitas pessoas aguardavam a oportunidade de usá-los. Contudo, nenhuma silhueta lembrava as duas.

Nisso, duas mãos repousaram sobre seus ombros. Espiou de banda. O companheiro de cabelos vermelhos passava pelo mesmo suplício. Por alguns segundos, ficou em dúvida: seriam os carecas da Roberta ou os carecas da garrafa achatada?

Porém...

— Olha o bobo na casca do ovo! — A voz da eterna hippie fez a ansiedade evaporar. Vendia saúde.

Cacá ria, decerto, da cara de assombro dos dois.

O amigo bebum acertou em cheio. As duas atendiam aos chamados da natureza. Reconheceu a tempestade feita num copo d'água. A tensão costuma ser o pior inimigo.

A moça quis saber o motivo do baita susto.

Léo tentou sair pela tangente.

A espertalhona matou parte da charada:

— Ei! Qual foi do bafo horrível do carinha?

O mal-educado arrotou e soluçou.

Tentou desviar o assunto dos carecas ao revelar a estratégia de fingir-se de cego para entrar no recinto de *show*. Apontou os óculos presos aos cabelos. Precisava tomar cuidado, o companheiro não demoraria deixar algo escapar... Aí, a Cacá poderia ligar os carecas ao atropelamento da Roberta.

— Fiquem sabendo que mandei bem de surdo-mudo. Parecia Al Pacino.

Meneou os olhos antes de mangar o contador de vantagem.

— Al Pacino fez papel de cego no filme, bobo!

De braços cruzados, ela quis saber do circo armado para entrarem ali.

— Primeiro, a senhora nos conta sobre o desmaio misterioso. Ninguém no posto deu notícia da sua pessoa.

As duas riram.

Mikaela quis enganar o porteiro. Ou seja, armou o golpe do desmaio na cara dura. Não antecipou nada para forçar os dois a viverem bem os papéis de acompanhantes preocupados.

– Véio, maior sacanice a dela de não contar o trote pra gente!
– Quase morri de preocupação. Isso não se faz!
Gazeta acusou:
– Quer saber, a senhora é inconsequente... Pronto, falei!
Os quatro riram.
– Fala sério! O que vocês beberam? Se faiscar, explodem! – Foi a vez de Cacá cruzar os braços.
Léo resumiu a situação onde foram obrigados a tomar a tal bebida verde ultra forte.
– Bebida verde? Ultra forte? Para tudo! Absinto! Vocês beberam absinto! – A moça fez cara de riso.
Gazetinha tornou a arrotar.
A tia fechou a cara:
– Bastou me afastar uns minutos para aprontarem!
Cacá esclareceu ser o Absinto uma das bebidas alcoólicas mais fortes. Até proibida em alguns países.
– Eis o preço por esbarrar em...
Léo empurrou o companheiro antes de ele dizer a palavra *"careca"*. Em seguida, engatou um riso para impedir outra fala sem noção do língua solta.
Mikaela sacou a manobra do sobrinho, pois aproveitou o vácuo para prosseguir a sua versão do desmaio. Na verdade, nem chegou a entrar no tal posto médico. Livrou-se dos enfermeiros no meio do caminho. Voltou apressada, os dois já haviam sumido. A entrada sem direito a retorno a prendeu do lado de dentro. Para piorar a tragédia, os celulares, dela e da Cacá, acabaram a bateria.
Abraçou-o.
Léo retribuiu o afeto. Era bom ter de volta a tia mais doida desse mundo.
Aí, a Cacá estragou o momento feliz ao desejar:
– Para felicidade ficar completa, falta encontrar a Roberta!
Léo travou a respiração.
Já os dois pareciam brincar de estátua.
Nisso, os focos dos canhões de luz voltaram a iluminar as nuvens. O palco se acendeu. A voz do locutor soou cristalina:

Alô, alô, fãs do rock and roll, daqui a pouco, a maior banda de todos os tempos, The Rolling Stones! Preparem os corações e as gargantas!

Eis o momento de despachar a cáca.

O bêbado de araque trocou as pernas e quase caiu.

A tia o segurou por trás e enfiou o dedo indicador dentro da garganta do coitado, que vomitou malcheiroso.

Só de ver a cena, o estômago revirou. Por pouco não vomitou também.

Cacá fez festa:

– Chamou Seu Juca, problema resolvido!

Em seguida, Mikaela exercitou as garras na direção do sobrinho.

Léo recuou. Abanou os braços e alegou ter cuspido a bebida ao invés de engolir.

Gazeta sacudiu a cabeça e comemorou o óbvio:

– Gente, o mundo parou de girar!

Nesse momento, a amiga-problema puxou os três na direção do palco.

No meio da corrida em fila indiana, enxergou a oportunidade de consertar a encrenca provocada pela carona. Ia arrastar os amigos para a esquerda, quando a cretina parou e agarrou-lhe o ombro:

– Leozinho, não vai acreditar! – O rosto dela brilhava.

Imaginou o pior cenário.

Gazeta e a tia trombaram nas costas dele.

A moça deu meia volta, balançou os dois braços, parecia acenar na direção à esquerda do palco. Gritou a plenos pulmões, duas vezes, o nome terrível:

– Roberta! Roberta! Ei!

O queixo caiu. Ela acenava para uma garota magra, de cabelos azuis, mochila preta nas costas. Dois rapazes carecas enormes lhe faziam companhia, um de cada lado. A tal garota, primeiro, se mostrou de perfil. Putz! Depois, de frente. Eis a atropelada atrevida. Se a camuflagem falhasse, a festinha mega ultra *punk* começaria ali mesmo. Para não arriscar o blefe, pensou em fugir pela lateral, mas, Gazetinha parecia petrificado de medo. Já a Repilica, oscilava, talvez, prestes a desmaiar. Deus! Deus! Só faltava a bomba relógio defeituosa explodir. Não! Não!

No calor do momento, reconheceu nos disfarces a melhor chance dos três, do contrário, teriam minguados segundos para fugir da morte. Enfileirou os dentes entre os lábios. Cruzou os dedos e interrompeu a respiração.

05:41:00

Enquanto Cacá avançava ao encontro da demônia, suplicou entredentes para os amigos confiarem nos disfarces. Se tivessem sorte, a arara azul não desconfiaria de nada. Se desse errado, a solução seria correr muito, como nunca fizeram na vida...

– Véio, não confio na sorte. Vamos vazar agora!

Murmurou em resposta:

– Não!

A tia balbuciou algo no sentido de tentar esclarecer o caso do acidente.

Léo virou para frente, ao invés da Cacá, topou a Roberta quase cara a cara. Sentiu os olhos quererem se arregalar e os impediu a tempo. Os disfarces enfim passariam pelo grande teste. Tentou parecer tranquilo, eis algo difícil de fazer na prática. As palavras se amontoaram na garganta. Não podia gaguejar.

De tão perto, a diaba lembrava a cantora americana, *Ariana Grande*. Na camiseta havia resquícios visíveis do pó do extintor. Nas orelhas, brincos em forma de caveira. Um dos carecas se portava estranho. O outro, exibia o semblante alucinado, com certeza, devia ser o mais doido do trio. Não restavam dúvidas, eis os inimigos, ao vivo e em cores.

Cacá fez referência ao esporte inapropriado para a tensão do encontro:

– Desse lado do ringue, os meus amigos: Roberta, Bruno e Paulão! Do outro lado, Leonardo, o meu amigão da escola. Atrás dele e não menos importantes: Mikaela e o peça rara chamado Ga-ze-ti-nha!

Só faltou o alerta para os oponentes evitarem os golpes baixos e o barulho do sinete para o início da luta. Caramba! Carambola!

Será que ela já teria matado a charada fazia tempo e se fingiu de despercebida para arrastá-los para aquela armadilha? Deus! Travou o maxilar para disfarçar a tremura do corpo.

Roberta remexeu os lábios enquanto observava Mikaela. A seguir, examinou Léo de cima a baixo. As feições do rosto mudaram bastante na vez do Gazeta.

Foi quando se deu conta do detalhe grotesco: os cabelos vermelhos do amigo iriam entregar o blefe. Deviam ter fugido. Maior vacilo.

A megera coçou atrás da orelha:

— Não conheço vocês?

— Nunca nos vimos antes. Tenho certeza! — Léo adiantou.

O língua solta gaguejou algo.

— Conheço sim! Nunca me engano.

— Tá, e daí? — Cacá afagou o ombro da amiga.

A cabeleira cor de fogo parecia chamar a atenção dos carecas também.

A tia continuava imóvel. Só faltava ela desmaiar.

As duas amigas cochicharam.

Léo pausou a respiração ao compreender a seguinte frase no movimento labial da inimiga: *Ela e o garoto ruivo me parecem muito familiares!*

Putz! A nuca e o pescoço se arrepiaram.

A demônia sinalizou algo, tipo atacante de futebol americano. Bruno e Paulão se moveram pelas laterais, em direções opostas. Demarcavam a pista de dança da tal festinha mega ultra punk? A tensão transformava o ar em gelatina.

Recuou meio passo.

Cacá elogiou os três para a amiga.

— E essas fantasias? — Roberta não desamarrava a cara. Os olhos lembravam punhais apontados.

— Ideia do Léo. Fizemos no estacionamento. Não ficaram ótimas?

Os três companheiros de aventura se entreolharam.

— Estacionamento? Então vieram de carro? — A face da vilã mudava para a ira...

— Sim. Se não fosse a carona salvadora, nem estaria aqui, Bebela.

— Qual o modelo do carango? — A diaba insistiu.

— Viemos no Jimi Hendrix! — A moça exibiu outro sorriso quase inocente.

Léo recuou outro meio passo, conferiu o entorno, em suspense. As pernas tremiam fora de controle.

Mika e Gazetinha continuavam imóveis.

Roberta franziu a testa:

— Jimi Hendrix não é guitarrista?

Cacá cochichou baixo demais a resposta.

A megera fechou o semblante e elevou a voz, raivosa:

– Mirabela, a pergunta é simples, direta: qual o maldito modelo do carro?

Mirou em todas as direções, pois imaginou que a demônia explodiria a qualquer instante.

– Miga, sua louca! Qual o problema? Só me chama assim quando...

– Estou furiosa! Isso mesmo. Responda a minha pergunta!

– Um fusca azul. Tá satisfeita agora?

As extremidades do corpo esfriaram.

Nesse exato momento, um grupo animado de rapazes e moças, em fila indiana, os separou dos inimigos.

– Um fusca azul cheio de flores pintadas? – Roberta gritou do lado de lá.

Pronto. Acabavam de ser desmascarados. Nisso, à direita, enxergou o corredor deixado pela passagem dos anjos desconhecidos. Não duvidou do presente dos céus. Puxou os dois e fugiram à toda. O público interrompia a rota, abria-se outra, continuaram em zigue-zague, sem rumo, sem querer parar. Tamanha a afobação, não conseguiu pensar em nada.

Bom, correram naquele pique absurdo, até...

05:35:13

Procurava algum sinal dos perseguidores. Após aquela explosão de fúria, a certeza, Roberta os mataria... Aí, surgiu outra preocupação: não conseguiria fugir por muito tempo. Precisava de um local seguro para se esconder.

Gazetinha o empurrava aos tapas e só sabia gritar:

— Vai! Vai! Senão a gente morre!

A garganta ardia. Apesar do esforço, a velocidade não aumentava. Os olhos vagavam enlouquecidos em busca de passagens e brechas no público. Às vezes, gritava:

— Tia? Tia?

Ela respondia de trás:

— Estou aqui! Continuem!

A sorte: tamanho susto e ela não apagou. Pronto, perdia de vez a confiança na teoria do pai sobre a saúde da coitada.

Guiava os companheiros aos gritos:

— Esquerda!

— Direita!

Gazetinha rebatia de várias maneiras:

— Tô na cola! Vai!

Às vezes, precisou esbarrar ou derrubar pessoas. Para salvar a pele, valia tudo. Num dado momento, gritou por ela. Não houve resposta. Insistiu, agora com jeito de pergunta desesperada. Silêncio.

Reparou a retaguarda, apenas o Gazetinha no encalço. Arrastou os pés na grama enquanto um monte de pensamentos sinistros inundava a mente.

O amigo o atropelou, desgovernado. Por pouco, os dois não foram ao chão.

— Qual foi? Parou por que, véio?

– Cadê a Mika? Cadê? Hein?

– Cacilda das Cacildas! Ela sumiu!

Léo se agitou:

– Caramba! Carambola!

O companheiro usou as mãos para amassar a cabeleira vermelha encaracolada.

Do rumo de onde vinham, Mikaela se levantou, a sacudir o vestido. Algumas pessoas a ajudavam. Correu até ela. A respiração atrasada o impediu de articular as perguntas: A senhora tá bem? Machucou-se? Nem precisou.

– Não foi nada! Escorreguei. Sou muito velha para correr desse jeito. A minha garganta arde, os joelhos doem... – O suor abundante escorria pela testa da coitada. Apontou o braço trêmulo a ermo e propôs o absurdo – É o fim! Acabou! Deixe-me aqui. Salvem-se!

Os dois arregalaram os olhos, um para o outro.

05:30:00

O lado bom do acidente: o terreno elevado onde ela tropeçara lhe pareceu estratégico. Dali, tinha uma visão ampla do entorno. Inclusive, não avistou sinal da Roberta. Já os dois carecas, distinguiu-os no meio da multidão, ao longe.

Por enquanto, estavam seguros, apesar da enorme distância do palco. Se revezassem a vigilância, poderiam assistir ao *show* numa boa. Eis a nova ordem da noite. Na oportunidade da queda, tiveram sorte. Ela não se machucou e nem foram alcançados pelos delinquentes.

Repassou para os dois o esquema de sentinela.

Gazetinha se prontificou para ser o primeiro.

Apoiada nos joelhos, Repilica se lamentava. Ao invés de fugirem desembestados, deveriam ter tentado explicar o atropelamento...

Léo não concordou. Seriam dominados antes de terminar a primeira frase e arrastados para algum lugar longe de testemunhas, onde apanhariam até a morte. Nunca mais queria ver aquela louca na vida.

Gazeta comentou a parte incrível do episódio: quem os salvou foi justo a Cacá. De braços aberto, ela segurou os amigos pelos preciosos segundos necessários para a fuga.

Não duvidou do ponto de vista do amigo. Cacá podia até ter sido bacana de início. Agora, já devia conhecer a versão distorcida para o episódio do acidente, onde a Mika foi transformada numa atropeladora monstruosa. Por certo, os inimigos aumentaram.

Bagunçou os próprios cabelos e preferiu acreditar que o pior já tinha passado. Jamais seriam encontrados naquele tumulto. O mar de gente em volta não parava de crescer.

A tia parecia melhor. Do tombo, restaram algumas manchas de terra no vestido e pequenos rasgos.

Uma barreira humana de proteção seguia a crescer em torno deles. Pronto, viravam agulhas perdidas no palheiro.

Na vez de vigiar, para esconder o rosto, Léo usou o *zoom* da máquina fotográfica, tanto para procurar os inimigos, quanto localizar o Gegê. Este, além de alto, decerto usava o mesmo lenço laranja da ocasião do restaurante das espigas de milho. A tarefa de localizar amigos e inimigos não prometia ser fácil.

– Quer saber. Acho que perdemos o controle da situação... – Gazetinha uniu os braços atrás da cabeça.

Léo sentiu a pele do rosto se esticar sozinha.

Mika reiterou o discurso de ficarem *zen*. Os fãs do *rock* os protegeriam. O universo conspirava a favor dos bons. Rodopiou o braço direito acima do rosto e aconselhou:

– Vamos curtir o *show* histórico! Esqueçam aqueles idiotas. A felicidade só depende de nós!

O pai lhe dissera algo parecido na despedida. Queria muito ter tamanha confiança.

A apaixonada pediu para tentar avistar o Gegê. Segundo, ela, nenhuma gangue de carecas o enfrentaria.

Gazetinha revirou os olhos mais uma vez.

Obediente, passeou o *zoom* da lente na crista da multidão no rastro do foco do canhão de luz. Contudo, nenhum reflexo laranja.

Gazetinha deu o alarme:

– Carecas pela esquerda!

Confiou a câmera às alças tiracolo. Abaixou-se.

Mas, a penumbra deixava tudo confuso. Um suor frio escorria pelo pescoço.

Logo, a tal barreira humana não parecia ser tão segura... Desabafou para si: Nunca irão desistir? Caraca!

Ela sussurrou, num tom de ordem, para cuidarem de fechar os corredores de circulação próximos. Nada de facilitar para o inimigo.

Gazeta tornou sussurrar:

– Gente! A gangue se dividiu. O grandalhão passará a uns três passos da gente.

Os três se abaixaram.

Léo elevou a cabeça por um segundo e interrompeu o fôlego, Paulão passou bem perto. Ufa!

Na ponta dos pés, Gazetinha voltou a sussurrar:

– Agora, aquela turma de bruxos verdes caminha pelas redondezas.

Mikaela se levantou.

Léo fez o mesmo, entretanto, não avistou os tais feiticeiros. Neura do companheiro falador? Alucinação? O medo lhe pregando peças?

Passado o momento de tensão, o amigo ruivo murmurou ter pensado em algo bem estranho...

Os dois o olharam de rabo de olho.

Ele explicou:

— Não acharam esquisita a fixação da Roberta em pegar a gente? Tudo por causa de um atropelamento bobo, onde apenas sujou as roupas. Se fosse comigo, esqueceria tudo e aproveitaria o *show* do século! — Apontou os dois braços na direção do palco.

A boca de Léo se abriu sozinha. A reação fora mesmo desproporcional. Como não reparou tal detalhe antes.

A tia rearranjou as mechas de cabelos sobre a face e opinou não ter achado nada esquisito. Para ela, aquela turma usava a violência para se divertir. Apenas sociopatas.

Franziu o nariz. Cogitou pesquisar na *internet* do telefone o significado da daquela palavra, desistiu. Rotular o trio de loucos era uma dedução infantil. Pensou no fusquinha destruído, na perseguição após o atropelamento, nas explosões de ódio e fúria da megera. O que poderia ser mais importante naquela noite de *show* do *Rolling Stones*?

Em sinal negativo, abanou o dedo em riste e anunciou a quase certeza:

— Aquelas não eram atitudes de quem se divertia.

O Gazetinha rememorou a frase escrita na porta do fusca destruído: "Morte aos atropeladores, abaixo os ladrões."

— Não roubamos nada. Aquela sucata é um caso isolado. — Mikaela rebateu.

Léo tentou enxugar o suor oleoso dos dedos na blusa, quando percebeu o volume estranho por baixo do tecido. Curioso, enfiou a mão no bolso e sacou o próprio celular. Rebuscou a memória, tateou o *jeans* e sacou outro aparelho idêntico. Que merda é isso? Encarou os amigos. As extremidades do corpo gelaram.

A tia juntou as sobrancelhas.

Gazetinha cumpria o giro de vigilância, por isso, só depois se deu conta do inusitado. Daí, zombou:

— Você é estranho! Para quê dois celulares vermelhos? Mesma marca, mesmo tudo? Nunca ouviu falar dos modelos de duplo *chip*?"

— Se liga! Apenas um é meu...

— De quem é o outro?

A resposta se engarrafou na garganta.

Repilica pressionou as mãos espalmadas contra as laterais do rosto antes de insistir na mesma pergunta.

Ainda sem acreditar na dedução simplista, Léo gaguejou:

– Só pó-pode ser da Ro-ber-ta!

Naquela confusão de fuga, engarrafamento, entra, não entra no *show*, nem percebeu o volume extra no bolso da blusa. Eis a causa de toda aquela encrenca? Passaram perigo de vida por causa de um telefone? Parecia loucura, entretanto, não acreditava em outra explicação. Devolver um deles, significaria o fim daquela perseguição doentia? Teriam sossego para curtir o *show*? O cérebro entrou em parafuso. Para solucionar o impasse, pensou em propor uma votação.

Nesse momento, a cobertura do palco cuspiu fogos de artifício.

O *show* ia começar.

05:14:00

As explosões multicoloridas desviaram a atenção dos celulares cor de sangue. Se um deles fosse mesmo da Roberta, a depender dos importantes segredos ali guardados, se transformaria na carta coringa capaz de salvar-lhes a vida. Eis o enigma a ser descoberto.

Gazeta metralhou um monte de palavras para inaugurar outra reunião de emergência:

— Cara, onde arrumou esse troço? Tá de brincadeira, né?

Explicou: na sequência do atropelamento, ao descer desesperado do Jimi Hendrix, avistou um celular caído no asfalto, mesma cor, mesmo marca, mesmo tudo. Não teve dúvidas de ser o seu. Pegou-o, conferiu antes se não trincou a porcaria da tela, guardou-o no bolso da blusa. Nem de longe passou pela cabeça outra possibilidade...

Mika franziu o queixo.

— Não tem mais nada, pessoal. Esqueci o caso. Só liguei as pontas soltas quando, há pouco, sem querer, encontrei o volume no bolso da blusa. Ao apalpar a calça *jeans*, surgiu o outro.

Para a malucona, a perseguição e a destruição do fusquinha continuavam esquisitas. A reação da Roberta foi desproporcional. Logo, o problema podia ser muito maior! Ou a megera era mesmo louca de pedra.

Léo tinha quase certeza de que gravado na memória do aparelho motivou toda a encrenca. Olhou bem para os companheiros antes de propor:

— Que tal a gente espionar o telefone!

— Se a Roberta descobrir, véio?

— E daí? Ao ligarmos o aparelho, o perfil dela nas redes sociais ficará *online* para todos os seus amigos. Dá no mesmo!

Num tom de suspense, Repilica declarou:

— E se existir mesmo algum conteúdo bombástico, ganharemos o salvo-conduto.

O paspalho sussurrou a pergunta idiota:

– Salvo-conduto para onde?

– Para voltarmos inteiros para casa! – Mikaela abanou os braços feito asas.

– Tá! E se o tiro sair pela culatra? Ao sabermos o segredo, poderemos nos transformar sim em arquivos vivos, marcados para morrer! Bandido não perdoa X9!

Léo tapou a boca e o nariz. De certa forma, o cretino tinha razão. Aquela droga de encrenca se complicava a cada minuto.

Mika elevou a vista, talvez suplicasse ajuda dos deuses hindus com focinho de elefante, iguais às tantas miniaturas esparramadas nas estantes de sua casa. Ou apenas tentasse reorganizar as ideias.

Encarou os dois amigos e posicionou o dedo no botão lateral de um dos aparelhos. As mãos tremiam. Ligava?

Gazeta quebrou o impasse:

– Vamos votar: mão fechada, sim, bisbilhotamos o telefone; aberta, não.

Sem perda de tempo, os três esconderam os braços atrás dos próprios corpos.

Léo contou:

– Um, dois, três, já!

Dois punhos cerrados surgiram no centro da roda.

Gazetinha lamentou a derrota.

Apoiado pela autoridade da maioria, ligou um dos aparelhos, a tela acendeu-se avermelhada, informou a data, hora, temperatura, local, por fim, um diagrama de nove pontos, onde o usuário desenharia a senha gráfica para liberar as funcionalidades.

Reconheceu o dele e desligou sob a alegação de que precisava economizar bateria. Vai saber quais as surpresas reservadas para o resto de madrugada.

Gazetinha passeou a ponta da língua entres os lábios.

Agora, despejava toda a atenção para o outro celular. Apertou o interruptor, a tela iluminou-se em tonalidades multicromáticas, tipo labaredas. Em seguida, apareceu uma caveira branca, do tamanho de metade da tela, abaixo, o mesmo diagrama de nove pontos.

– Gente, os brincos da Roberta eram em forma de caveiras. Melhor não bisbilhotarmos essa droga! – Gazetinha grunhiu. – O meu sexto sentido diz para devolver e ponto.

Léo desligou o aparelho, vasculhou o semblante da parente em busca de conselho. Veio uma baita vontade de ir ao banheiro.

Ela argumentou ser bobagem a coincidência das caveiras. O importante era descobrir o dono do telefone misterioso. Segundo, se fosse mesmo da infeliz, restava investigar a existência de algum arquivo comprometedor. Caso não encontrassem nada, a causa da encrenca era outra. Quem tá na chuva é para se molhar. Votaram e o sim ganhou.

Léo murchou os lábios. Já não se sentia tão seguro.

Gazeta grunhiu:

— Pessoal, ouçam o meu sexto sentido.

Nisso, sonoplastia típica de abertura de eventos. Os três puseram sentido no palco. Bolas plásticas enormes foram lançadas para o público que reagiu com palavras de ordem. As luzes se apagaram. Ao comando do locutor, as pessoas exibiam as telas acesas dos celulares. O extraordinário efeito lembrava pirilampos na campina.

Apertou a mão do sobrinho enlaçada ao celular e sussurrou:

— Conhecer nosso inimigo pode nos aproximar da vitória. Agora, sabem os nossos nomes, sabem onde Jimi Hendrix está estacionado. Aliás, o que a Cacá sabe sobre você?

Mordiscou os dedos. A traidora sabia onde morava, o *e-mail*, os perfis nas redes sociais da *internet*, o número do telefone, a sala onde estudava, horários, as rotas casa-escola-casa... Carambola! Ela sabia tudo! Ia verbalizar a resposta, porém...

Ela pressionou o dedo indicador contra os lábios, encarou os dois e disse:

— A Roberta já deve ter nos pintado de monstros terríveis!

— A serem exterminados da face da Terra! — Gazetinha ajuntou.

A mensagem não podia ter sido mais clara. Estavam em guerra e numa guerra valia tudo! Inclusive, bisbilhotar o telefone do inimigo.

Alternou o olhar entre os dois, antes de falar:

— Seguinte: seja lá o que descobrirmos, será nosso segredo absoluto! Se for preciso modificar esse juramento, decidiremos no voto. Fechado?

Os dois acenaram concordes.

Religou o telefone, a tela se acendeu, voltou a mostrar as tais cores multicromáticas, surgiu a caveira, o diagrama de pontos. Para deixar o troço sinistro, os olhos da maldita caveira brilharam vermelhos. Os dedos que flutuaram sobre a tela feito uma aranha louca, tremeram diante do efeito fantasmagórico da animação. A tal caveira zombava dele?

Gazetinha agarrou os cabelos:

— Tenta uma sequência logo!

Qual? O cérebro deu branco. Mordeu o canto do lábio inferior.

Mika tapou a boca.

Gazetinha insistiu que inventasse qualquer coisa.

Léo ligou os pontos até formar a letra U.

A caveira gargalhou.

Noutra tentativa, formou um triângulo.

A caveira gargalhou de novo.

A tia desenhou a letra C.

Outra gargalhada metalizada.

Léo estapeou a própria testa. Os dedos voltaram a ficar oleosos.

Sem pedir licença, Gazetinha apossou-se do aparelho, ligou os pontos do diagrama a ermo.

Gargalhadas da caveira.

— Será impossível! — Repilica usou os dedos para fazer uma marquise sobre a testa.

Léo retomou o telefone das mãos do atrevido e desenhou um quadrado.

A caveira cresceu, rodopiou e desmanchou-se em fumaça... Restou a tela escura.

Sentiu a pele do rosto esticar de tanto suspense.

Gazetinha cerrou os punhos num claro sinal de torcida. "Abre, abre! Vai!"

A tia vidrou o olhar.

No meio da tela escura, surgiu a mensagem em letras garrafais:

TELEFONE BLOQUEADO

Os três se entreolharam, boquiabertos.

O aparelho vibrou antes de apagar.

Léo apertou o botãozinho liga/desliga lateral. Nada aconteceu. As dúvidas se amontoaram: voltaria a ficar operacional em quantos minutos? Nesse tempo, os telões gigantes posicionados nas laterais dos guindastes exibiam formas psicodélicas em revolução. No palco, do meio da nuvem de fumaça branca, entrecortada por raios *laser*, quatro silhuetas assumiram posições. A bateria repicou, os demais instrumentos emitiam as primeiras notas da música *Simpathy for the Devil*. Aqueles acordes infernais deixavam qualquer situação tensa ainda pior... O histórico *show* dos *Rolling Stones* começava.

O público rugia.

O jeito foi sapatear para diluir a mistura explosiva de alegria e raiva, enquanto se esperava o macabro telefone vermelho ressuscitar dos mortos...

Se houvesse mesmo algum segredo guardado nele, descobriria a qualquer custo.

05:05:00

Bagunçou os cabelos em protesto ao bloqueio. No entanto, a chegada do *Rolling Stones* alterou a prioridade:

– Querem saber! Dane-se a Roberta! Vamos curtir o *show*, gente!

De braços elevados, os três cantavam a música de abertura.

A histeria tomou conta do seu corpo. E sem perceber, cometia o erro fatal de descuidar da vigilância.

A versão ao vivo da segunda música, *Miss You,* carregada de solos de guitarra, produzia micros terremotos no gramado.

O público, ora se contraia, ora se distendia. Gritos, *flashes* fotográficos, isqueiros piscantes, choros, garotas sobre os ombros de rapazes, a maior loucura...

A potência do som deixava ainda mais impressionante os solos de guitarra de Keith Richard, as batidas marcadas de Ron Wood, a voz macia de Mick Jagger. Caraca! Aquelas sensações valiam cada apuro. Faria tudo de novo, quantas vezes fosse preciso. Socou o ar e gritou:

– Uau!

Talvez, pelo menos para assistirem àquela maravilha, até a Roberta estabelecesse uma trégua.

Já os possíveis segredos guardados no celular da caveira o atormentavam. Mesmo assim, ficariam para bem depois. Tomara descobrisse algo para entender a fúria da demônia. Aliás, ainda nem dava para saber se o maldito celular era mesmo dela. Cruzou os dedos.

Gazetinha repetia as palavras de ordem do público. Também fez coro algumas vezes.

A tia abraçava a si própria.

Pensou na Sol. Agora, naquela confusão, jamais encontraria o tal lenço laranja na cabeça do Gegê...

Nisso, voltaram as náuseas. Lembrou-se da bebida esverdeada, da Roberta, da caveira branca, da mensagem de bloqueio. Talvez o mal-estar fosse a junção das quatro coisas. Foi quando percebeu a terrível realidade: ninguém vigiava os inimigos.

A próxima música foi *I can't get no!*

Tentou lembrar os amigos do dever de vigilância. Jogou as palavras fora, pois curtiam outra dimensão. Gazeta cantava a plenos pulmões. Pelo jeito, sabia todas de cor. O inglês, sofrível; a alegria, do tamanho do mundo. Eis o destrambelhado ao natural. A hippie copiava a coreografia de Mick Jagger. Pronto, entregues demais ao ritmo para vigiarem a si próprios, imagine o resto.

Sobrou para si a tarefa.

Deu alguns pulos. Nenhuma ameaça avistável. Cantou para relaxar. Talvez os roqueiros servissem mesmo de proteção. Impossível se locomover no meio daquela massa compacta. Apenas nos intervalos entre as músicas, a histeria aliviava. Eis a magia do *rock*.

Desejou os beijos da Sol. Voltou a se lembrar da sinistra caveira branca. Tentou ligar o aparelho, ainda dentro do bolso da blusa, a tela mostrou a mesma mensagem de bloqueio. Pelo menos acendeu, antes, nem isso...

Ligou-se de vez no *show*. Aí, fez razoável uso prático do curso de idiomas das quartas à tarde ao conseguir entender quase toda a fala de Mick Jagger, tipo: da felicidade *de estar ali. Amava muito os fãs do Brasil. Pulou de* pés juntos e gritou: "*Start me up!*"

Os acordes iniciais do *hit* voltaram a incendiar o público.

Dessa vez, cantou alto, adorava a música. Só parou ao identificar uma cabeleira azul nas proximidades.

Gazetinha tocou-lhe o ombro para apontar a mesma garota.

– Não é a demônia, Brô! Essa é muito gatinha!

O *show* seguiu com as músicas: *Anybody Seem my Baby, Honky Tonk Women, Brown Sugar...*

Os três dançavam em clima da última farra da vida.

Após essa sequência, Léo já pulava menos, a vontade de vomitar não dava trégua. Quanto ao estômago, não vivia mesmo os melhores dias. Para quebrar o ritmo, empunhou a máquina fotográfica.

Pena não poder postar fotos do *show* na rede. A leoa-mãe descobriria o mal feito. O jeito era tirar algumas para guardar de lembrança, a sete chaves. Talvez só mostrasse para os netos.

Os *Stones* passaram a tocar o hit: *Paint it Black*.

E tome histeria do público.

Mikaela comprou três latas de refrigerante.

Enquanto o líquido gelado descia pela garganta, pensou na Sol. Precisava encontrá-la. Com tal intuito, de novo, procurou pelo maldito lenço laranja nas cabeças sacolejastes dentro do raio de visão. Sem sucesso. Agora, o Gegê e a Sol eram agulhas perdidas no palheiro. Desistiu de fazer surpresa e tentou enviar uma mensagem de texto, ela não estava *online*. Carambola!

Foi quando Mick Jagger, por picardia, começou a cantar a romântica: *Angie*.

Surgiram alguns casais apaixonados. Droga de vida!

Reza a lenda que quando pensamos muito numa pessoa é porque ela também pensa na gente... Tomara! Gritou:

– Pense em mim, Solange!

O *show* abriu um intervalo, decerto para solucionar problemas técnicos.

Léo voltou a atenção para o provável celular da demônia de cabelos azuis. A tela voltou a mostrar as mesmas cores multicromáticas, a caveira branca reapareceu, familiar e sinistra. Por fim, o diagrama de pontos.

Gazetinha sugeriu tentar a letra R. Acrescentou o comentário:

– Pessoas burras fazem senhas idiotas.

O carinha adivinhou os seus pensamentos, pois havia pensado na mesma letra.

Ela espiava por cima dos dois.

Léo correu os dedos no diagrama.

A caveira desapareceu numa nuvem de fumaça, tal qual quando mostrou a mensagem de bloqueio, agora, a tela foi tomada por ícones de aplicativos, a maioria, jogos, redes sociais, etc.

– Abriu! Não falei. Erre de retardada. Erre de Roberta! – Gazetinha vibrava.

A senha se transformava na primeira pista do real proprietário do telefone. Só podia ser a megera. A simplicidade do código explicava parte da loucura em persegui-los. Até uma criança desbloquearia o aparelho.

Restava descobrir os segredos...

Gazetinha tomou-o para si.

Léo o recuperou. Aí, seus dedos nervosos abriram os arquivos de texto, vazios; nos de fotos, apenas coisas triviais; nos de vídeos, a troço mudou, muitas pastas, uma delas chamou a atenção por causa do nome sugestivo: *TOP SECRET*. Clicou sobre ela.

Os três encostaram as cabeças, testa contra testa, até formarem, com os corpos inclinados, uma espécie de capela sobre o aparelho.

De início, o vídeo mostrou a plaqueta onde se lia: Caveira Filmes – *O Mundo Cão - Cena 2 - Tomada A3*. Depois, uma cena quente de discussão. Os atores eram a Roberta, o Bruno, o Paulão e uma menina loira desconhecida.

Eis a prova definitiva da propriedade.

Os expectadores respiravam rápido.

O paspalho então grunhiu:

– Doideira, véio!

Do meio para o fim do filme, uma quarta personagem surgiu: a Cacá!

Léo parou a exibição e encarou os amigos.

Já o imbecil elogiou o desempenho espetacular dos inimigos atores. Só dava bola fora mesmo.

Mikaela não escondeu o semblante de preocupação.

De certa forma, eram mesmo muito bons. A cena parecia real. Inquietou-se. O motivo da perseguição estaria no fim daquele vídeo ou em outro? Ou seria outra coisa?

Reapertou o botão virtual de *play*. Outra personagem morena entrou em cena: por trás, a recém-chegada enforcou Roberta. Esta, reagiu com um golpe e a agressora bateu o rosto contra o piso. Bruno e Paulão passaram a agredi-la. Cacá participou da briga no finzinho. Daí, a morena parou de se mexer... Paulão conferiu o pescoço ensanguentado da vítima e encarou os demais. Houve tumulto. Todos falavam ao mesmo tempo. Por causa do barulho do público não dava para entender os diálogos.

Contudo, a morena seguia de semblante vidrado. A loira desapareceu.

Nisso, a imagem saiu de foco e ressurgiu o botão virtual de *play* no meio da tela.

Gazetinha desatou a falar rápido igual a locutor de futebol. Apostou num dublê para a morena, para suportar tantos murros e chutes. Achou a atuação da Roberta e dos carecas geniais! Já a Cacá, não servia nem para figurante. Se fosse o diretor, a expulsava do elenco...

Ao contrário da euforia intergaláctica do amigo, Repilica exibia um semblante alucinado.

O destrambelhado fez perguntas nada a ver:

– Quando passará no cinema? Haverá um lançamento?

Não houve resposta.

Havia mesmo algo de errado naquele filme? Ou não passava de uma brincadeira? Cutucou a tia em busca de opinião.

Aí, ela fez o anúncio bombástico:

— Conheço essa garota!

Capela desfeita.

Recuou. Agora, as roupas da morena lhe pareciam familiares. Onde a tinha visto antes? O cérebro falhava. Insistiu:

— A senhora conhece a loira ou a morena?

Gazetinha fez cara de quem não entendia patavina.

— A morena é a mesma da capa do jornal deixado na porta de minha casa hoje.

Lembrou-se da tal manchete e o celular escapuliu dos dedos. Sem acreditar ainda, catou o telefone, destravou a tela, adiantou o vídeo, congelou a imagem da vítima. Putz! Retornou a vontade de vomitar. Não restava dúvida. Até as roupas eram idênticas. Roberta, Bruno, Paulão e Cacá, assassinos! Espiou o entorno. O couro cabeludo coçou. Guardou o aparelho num dos bolsos da blusa. Flexionou o tronco para frente, tossiu, suou frio. Desejou ficar *zen* para planejar bem o próximo passo. Tarefa difícil.

O público rugiu enquanto o*s Rolling Stones* voltavam ao palco.

Os três se encaravam...

04:12:00

As pálpebras pulsavam fora de controle. Num *flash*, enfim, entendia o motivo de a Roberta apalpar a roupa ao se levantar do asfalto, a corrida desesperada atrás do Jimi Hendrix, o fusca destruído no estacionamento, a perseguição cinematográfica no meio do público. O filme provava a autoria de um crime terrível. O quebra-cabeça começava a tomar forma...

Portanto, os quatro inimigos fariam de tudo para recuperar o aparelho. Precisavam avaliar bem a próxima estratégia. Senão, estampariam a manchete de capa do jornal do dia seguinte.

Para variar, o cretino sambava.

O incrível: outra uma vez, Mikaela tapeou a teoria do pai e não desmaiou diante da assustadora revelação. Abriu os braços e ecoou a pergunta:

— Pessoal, e agora?

Mika lançou a dúvida se passavam o caso para polícia.

Gazetinha mirou o próprio umbigo. O óbvio: queria terminar de assistir ao *show*, como se nada tivesse acontecido. Carinha sem noção.

A primeira ideia foi a de mostrar o vídeo para a polícia. De qualquer jeito, fazer isso agora ou logo depois do *show*, atrasaria o retorno para casa. Aí, ele e o Gazeta se ferravam.

A próxima a música foi *Love Strong*.

Nem um dos dois deu bola para o *hit*.

Já Gazeta usou ambos os braços para apontar o firmamento:

— Gente, se vamos morrer em breve, melhor aproveitar os nossos últimos minutos! São os *Stones* ali no palco, pô!

— Não pira, Gazeta! Ninguém irá dessa pra melhor!

— Acorda, agora sabemos demais. Nem adianta devolver o celular... Acabou para gente!

Nisso, o aparelho vibrou, a caveira branca se acendeu. Abaixo dela, surgiram dois ganchos de telefone, um verde, outro vermelho.

Léo ficou paralisado.

Gazetinha encostou a mão no aparelho:

— Atende, quem sabe salvamos a nossa pele!

Mikaela abanou a cabeça concorde.

Pressionou o gancho verde, porém, o som alto do *show* o impediu de compreender qualquer palavra do outro lado da linha. Recuou o telefone. Na tela, surgiu o informe de ligação encerrada.

Os três se entreolharam.

— Falaram o quê? Ameaçaram a gente de morte de novo? Foi isso? Não me poupe dos detalhes sangrentos! — O cabeça de vento disparou.

— Não deu para ouvir nada, Brô.

No mesmo instante, o celular vibrou de novo. No canto superior esquerdo, o aviso de chegada de mensagem. Vibrou outras tantas.

Léo encarou os companheiros.

Os dois exclamaram quase ao mesmo tempo:

— Vai! Abra o mensageiro!

Pressionou o ícone em evidência, o aplicativo de *chat* lotou a tela:

> Aqui é a Roberta!
> Quem te autorizou a bisbilhotar meu aparelho?
> Devolva-o e não te acontecerá nada.
> Apesar de furiosa, cumpro minhas promessas!
> Do contrário, será pior para você.
> Quando me espalho, ninguém me junta.
> Da próxima vez, não me escaparão.
> Se liga!
> Responda!
> Ande logo!
> Devolva meu telefone, seu ladrãozinho barato!

Sem pedir licença, Gazetinha tomou o aparelho e começou a teclar.

— Ei, seu louco! Não faça isso! — Léo o recuperou.

Tarde demais, o atrevido enviou a seguinte mensagem em letras maiúsculas:

> ASSASSINA!

Léo tremia enquanto aguardava a reação do outro lado.
Mika tapou a boca com as duas mãos.
O texto começou a surgir linha após linha.

> Otário!
> Entendi, não quer negociar, né?
> Tudo bem!
> Considerem-se... MORTOS!

O *chat* foi interrompido. O aparelho apitou. Na tela, surgiu o alerta em vermelho de bateria fraca. Só faltava isso! Guardou-o no bolso da blusa, para poder agarrar o pescoço do inconsequente.

A tia separou a briga,

— Brô, acorda! A Roberta já sabe do desbloqueio do telefone. — O destrambelhado abriu os braços. — E não cumprirá nenhuma daquelas promessas. Esse tipo de gente não tem moral. Aliás, talvez cumpra apenas a última. Se te matar primeiro, rirei de engasgar.

— Estúpido!

Ela sugeriu registrarem boletim de ocorrência após o fim do *show*. Porém, não havia mais clima para nada. Melhor voltar para casa agora. Que o imbecil ficasse sozinho e morresse. Azar.

Nisso, uma clareira se abriu nas proximidades, sem motivo aparente. Procurou uma causa e não entendeu nada.

De costas e alheia à novidade, Repilica defendia que demonstrar medo ou se apavorar não ajudava. O vídeo provava a maldade daqueles delinquentes. Agora, queriam apagar as provas e as testemunhas. Melhor mesmo voltar para a cidade enquanto ainda podiam se mover invisíveis. Numa delegacia, mostra-riam o vídeo para a polícia.

Gazetinha protestou que não queria perder o *Stones*.

Léo mudou de ideia. Defendeu também esperarem o *show* acabar, seria bem difícil atravessar aquele mar revolto de gente. Teve certeza da dificuldade ao compreender, enfim, a lógica da tal clareira: algumas pessoas se perfilaram em círculo, no centro, uma garota agachada parecia urinar. O óbvio: estavam prensados numa verdadeira lata de sardinha.

Foi a vez de a tia conferir o entorno, decerto em busca de alguma rota de saída para contrariar os argumentos do sobrinho. Nisso, ela amoleceu e...

De reflexo, firmou as pernas para tentar segurá-la, foi ao chão junto, no mesmo pacote.

— Estamos sob ataque! Protejam-se!

— Deixa de loucura, Gazeta! E me ajude. Ela desmaiou! Só isso!

A desmaiada lembrava uma boneca de pano molambenta, par de danças de palhaço de circo.

Com muito esforço os dois a botaram de pé.

— Qual foi? Não aconteceu nada de assustador. — O atrevido beliscou um dos braços dela.

Léo balançou o rosto.

"Acorde! Acorde! Tinha que passar mal logo agora." — Pensava na sua teoria do efeito bomba defeituosa quando Gazeta lhe apontou além da pequena clareira que servia de banheiro para outra moça.

— Véio! Acho que descobri o motivo do desmaio!

Como não avistou nada merecedor de destaque, fechou a cara para o amigo.

— Cacilda! Só pode estar cego. Espia aquele sujeito enorme de lenço laranja na cabeça, abraçado àquela tremenda loira de parar o trânsito. — Apontou de novo.

Mirou o ponto indicado. O corpo inteiro começou a tremer, as vistas embaralharam.

Aí, o desalmado acendeu o estopim da bomba atômica:

— Ei! E a Sol também tá acompanhada!

Desejou ser engolido pela terra. O maior temor de todos aconteceu: a gatinha dos sonhos nos braços de outro. Suou frio. Embora tentasse decidir, a decisão não foi feita por ele. Tudo começou a rodar, tal qual a realidade fosse um indigesto coquetel de lágrimas, desilusão, amargura, medo e vontade de morrer...

03:43:06

Por causa das lágrimas, não conseguia enxergar direito. A dor de um amor não correspondido atravessava as costelas e misturava os pensamentos.

A moribunda seguia apagada. Na contraluz do palco, Gazetinha imóvel. De resto, a imagem da Sol abraçada ao outro garoto insistia em não sair da lembrança. Precisava se afastar para bem longe. Se continuasse ali, desmaiaria também e perderia o prazo do cronômetro, perderia tudo...

– Cara, ajude-me a mudar de lugar. – Apontou a ermo na direção contrária à desilusão. Malditas meninas bonitas!

Em vez de acatar a súplica, o cretino flexionou o tronco e despejou a pergunta embrulhada para mofa:

– Qual a razão do choro?

Nada respondeu, apenas torceu os lábios.

Agora, o imbecil queria saber o motivo para mudança. Afinal, onde arranjariam outro elevado estratégico? Dali dava para ver o *show* e ainda vigiar os inimigos. O idiota tinha razão naquele ponto.

– Gazeta! Se o Gegê reconhece-la desfalecida, estragará o plano da coitada.

O carinha matou a mentira no ato.

Na verdade, também não acreditava na possibilidade de sucesso do plano da maluco beleza. Será que o sujeito iria desenterrar um namoro antigo? Isso só acontecia em novela mexicana.

Já a Solange, sim, não podia vê-lo aos prantos. Qual menina namoraria um garoto chorão? Santo Deus! Talvez o Gazeta estivesse certo e ela nem fizesse conta de sua existência estúpida. Sentiu-se idiota.

Nisso, o infeliz jogou-lhe na cara justo isso:

– Chorar por causa da Sol nos braços de outro, carinha? Quer bobeira maior? Pensa! Nem são namorados.

Apertou as pálpebras no intuito de represar os rios de lágrimas. De nada adiantou. Deixou-as escapulir à vontade.

A zombaria seguiu: a Dona Mika desmaiou por amor e o sobrinho chorava pelo mesmo motivo. Se não bastasse, seguiu o desfile de baboseiras sobre a Sol ter cabelos negros e brilhantes, pele macia, olhos esverdeados, lábios carnudos.

Léo rosnou.

— Quase esqueci. Ainda tem aquela comissão de frente... Uau! — O imbecil imitou segurar duas laranjas na altura do tórax. Conseguia ser tão chato quanto usar banheiro público de macacão.

Voltou a insistir na necessidade da mudança de local.

— Manobra inútil, véio! A Dona Mika voltará a si em breve. Cansei. Daqui, pelo menos, consigo vigiar o movimento da turma da Roberta. No meio do público, viraremos papa de gato. O melhor: dá pra assistir ao *show* também.

Olhou para a desfalecida, para o público, para o céu... Droga de sinuca.

Aí, Gazeta revelou a decisão insana, fora de contexto: só namoraria meninas chinesas, pois quando o namoro acabasse, arrumaria outra igual.

Bom, jamais tinha visto uma garota de olhos puxadinhos na cidade, então, o doido nunca namoraria. Só falava baboseiras. Perdeu a paciência:

— Cara, vou confessar: Se aquele magricela topetudo beijar a Sol, juro por Deus, cairei durinho nesse gramado. Pronto, serão dois pra você cuidar. Sacou a necessidade urgente da mudança?

O cretino arregalou os olhos, espiou o casal de pombinhos sem nenhuma discrição.

Desmaiar, claro, foi força de expressão, só de imaginar a tal cena de carinho entre os dois, veio um abafamento de dar medo.

O argumento dera certo. Elevaram a moribunda pelos ombros, caminhavam de lado, feito caranguejo, através das brechas na multidão.

Esforçou-se para não pensar nela, No entanto, a visão da menina abraçada ao topetudo o torturava sem piedade.

Já o Gazeta lamentava a perda de parte do *show*. O cara não conseguia ficar calado.

De repente, um rapaz cabeludo fechou o caminho.

Léo tentou desviar, mas o esquisito bloqueou a manobra. Parou de respirar. O mais estranho: o sujeito parecia um zumbi.

Daí, o esquisito beijou Mika na boca. O carinho durou alguns segundos. Em seguida, foi embora, cambaleante.

Léo voltou a tomar fôlego. O cérebro falhava. As lágrimas foram substituídas pela sensação de nojo. Investigou além da clareira. Ainda dava para ver a Sol e o namoradinho idiota juntinhos. Apertou o passo na direção contrária.

Nisso, Gazetinha parou de rir para quase gritar:

– Acelera! Acelera! O aproveitador de senhoras desmaiadas está voltando!

Girou a cabeça, não localizou o atrevido.

O paspalho brincava?

O beijoqueiro atacou pelo outro lado.

De reflexo, tentou livrá-la da nova agressão, porém, o companheiro sem vergonha parecia facilitar o *assédio*, ao invés de ajudar na manobra de fuga, se acabava de tanto rir.

Enquanto isso, da mesma forma sinistra que chegou, o abusador desapareceu.

Mikaela exibia os lábios babados.

Travou o queixo de gastura. Resolveu parar perto de um poste de iluminação. Do contrário, morreria de cansaço. Não devia ter vindo ao *show*. Por que não obedeci à leoa-mãe e ao meu instinto? Por que?

Passada a crise hilária, por certo, para tirar sarro, Gazeta recontou o ataque do tarado, feito locutor de futebol.

A narração humorística destacou um detalhe despercebido: nem depois dos dois beijos gosmentos, a moribunda despertou. Preocupou-se. Comentou a cisma.

O gozador pôs-se a examiná-la no foco da luz do poste. Primeiro, segurou o pulso e pousou o dedo indicador na lateral do pescoço. Foi quando franziu o queixo e empalideceu, antes de saltear as palavras:

– Cacilda! Cacilda! Cara, você terá que ser forte...

– Qual foi?

Ele arrastou as mãos pelo rosto:

– Mano do céu!

– Fale logo!

– A Dona Mika morreu!

A primeira reação foi parar de respirar. Em seguida, negou-se a acreditar naquela insanidade. Por instinto, segurou o pulso, apalpou o pescoço, a falta de prática, o barulho do *show* o impediu de sentir a pulsação da desmaiada. As pernas tremiam. Reparou o povaréu enlouquecido. Ninguém disponível para pedir socorro. Encarou o amigo, na esperança de que risse ou confessasse a brincadeira de mau gosto. Todavia, o palhaço de cabelos cor de fogo continuava sério...

Balançou-a mais uma vez. Nenhuma reação.

Tudo em volta começou a ficar disforme.

03:19:00

Ajeitou a câmera fotográfica nas costas. Abraçou-a.

Lágrimas escorriam.

Na mente, rodava o filme sobre a relação dos dois. Sentimento terrível! Morrer não podia ser tão estúpido. E logo agora? Logo ali?

Entretanto, contra toda a aparente certeza do amigo, ela parecia dormir. Foi quando se deu conta do detalhe: o idiota lá entendia de medicina para afirmar sobre a vida ou a morte?

Preferiu acreditar na lógica do desmaio. E se ela demorasse muito para voltar? Entre outras coisas, perderia o prazo do cronômetro. Travou as arcadas. Urgia reanimá-la.

Passados alguns segundos, desfez o abraço e balançou-a de novo. Não houve reação. O conteúdo das tripas borbulhou. O suor empapava a camiseta por debaixo da blusa. Sempre aquele mal-estar quando passava por algum aperto.

Gazetinha exibiu a testa franzida, num claro semblante de compaixão. Sugeriu deitá-la na grama.

Devagar, o corpo deslizou as costas pelo poste de metal até o traseiro tocar o solo. Os joelhos se dobraram ao máximo. Parou de cócoras. Achou melhor deixá-la naquela posição.

– Tia Mika! Acorde! – De novo, sem resposta. Lágrimas inundaram os lábios. Numa voz chorosa, deixou escapar a pergunta na direção do amigo. – Você tá de brincadeira? Fale a verdade para mim! Não irei te bater! Juro!

O garoto se ajoelhou em silêncio, esfregou as mãos e negou o trote.

– Você lá entende dessa coisa de morrer?

Gazeta alegou o fato de a mãe ser enfermeira. Tal lógica não fazia sentido. A Dona Dulce trabalhar num posto de saúde não fazia dele um entendido de medicina.

— Ela me conta muitos casos. A Dona Mika amoleceu de repente, ficou sem pulso, suor frio, os mesmos sintomas dos pacientes desmaiados. Ainda tem o meu sexto sentido. Reconheço, te dei a notícia de mau jeito. Desculpe!

— Você não sabe nada!

No palco, o *show* prosseguia. Em volta, o público na mesma animação. Buscou reconhecer nos rostos próximos alguém para pedir ajuda. Todavia, as pessoas só faziam pular, cantar, balançar as cabeças... A luz do poste iluminava a nuvem de poeira acima deles. O óbvio: estavam sós.

Agarrou os cabelos.

Gazetinha o abraçou de lado.

— Você samba diante dos problemas; eu arranco os cabelos.

O amigo sugeriu levá-la ao posto.

Não aceitou a sugestão. Estava apenas desmaiada. Logo, não valia o risco de topar com a Roberta no caminho, sem capacidade de defesa.

— Cara, pensa! Talvez o médico consiga ressuscitá-la. O seu pai te matará se ficar aqui parado. Tome uma atitude.

Tapou o rosto e enfim concordou.

Voltaram a andar feito caranguejos.

No trajeto, repetia o mantra:

— Acorde! Acorde!

Bem provável, o apagão se deu por causa do choque de avistar o amor da vida nos braços de outra, mais nova, bonita, mais tudo. Ele próprio teve boa ideia daquele sofrimento. Dor de amor dói muito. Lágrimas rolaram...

Gazetinha parou a marcha, arquejante.

Léo fez a pergunta óbvia:

— Qual foi?

O carinha alegou um probleminha bem preocupante.

Franziu o nariz no lugar de repetir a pergunta anterior.

— Quando chega acidentado no posto onde a minha mãe trabalha, a polícia faz BO. E eu só trouxe a minha carteira de estudante...

Começou a rosnar para o palerma.

A tal coisinha bem preocupante era identidade estudantil *fake*! Ele próprio fizera no computador.

Léo arrastou a mão desocupada pela lateral do rosto.

O garoto alegou o risco de prisão, pois deveria ser crime falsificar as tais carteirinhas. Logo, além de perderem o finalzinho do *show*, os pais descobririam a confusão gigante e ainda levariam a culpa pelo...

– Não fale, cara! Não fale!

– Ok. Não falarei sobre o PT da Dona Mika. Agora, adulto quando acha adolescente para botar a culpa, é batata! Cara, somos as batatas *chips* da vez! Se liga, teremos problemas no posto.

Ignorou aquela falação alucinada para balançar o queixo da moribunda. A coitada continuava a mesma boneca de pano, par de danças de palhaço de circo. Contudo, não parecia morta. Se bem, nunca viu cadáveres de perto, odiava velórios.

A caminhada até o socorro seria longa e a tia parecia ganhar um quilo a cada passo. As pernas doíam. Iam ou ficavam? Implorou a ajuda dos céus.

Gazeta anunciou ter encontrado a solução para todos os problemas!

Encarou-o de banda, sem virar o rosto. Raridade o imbecil ter alguma boa ideia.

Ele sorriu e bagunçou os cabelos vermelhos antes de despejar palavras muito insanas:

– Simples! A Dona Mika morreu no sofá da sua casa!

Sentiu os olhos se arregalarem sozinhos e a pele do rosto se esticar. Em termos de maluquice, aquela proposta batia recorde.

03:20:00

Caminhava rápido na direção do posto médico. Não poderia concordar com a ideia maluca da morte no estofado. Não mesmo. De jeito nenhum. Preferível chegar em casa depois do fim do prazo a morrer por falta de socorro. O pai não o perdoaria. Logo o velho, o único capaz de domar a leoa. Sem a ajuda dele, viver o resto da adolescência com relativa felicidade se tornaria quase impossível.

— Mano, a minha ideia não é sensacional?

Léo coçou os cabelos.

O destrambelhado insistiu. Para a história colar, ensaiariam direitinho: a Dona Mika foi fazer companhia no fim de semana e morreu feito um passarinho.

Roeu todas as unhas das mãos em vez de comentar. A princípio, achou a ideia super louca, louca, meio louca... No fim, chegou a sentir alguma atração pelo esquema.

Gazeta acrescentou urgência ao tal plano insano. Precisavam voltar para casa o quanto antes. Confirmou ter tudo sobre controle. Ainda, ele dirigiria o Jimi Hendrix. Garantiu mandar bem ao volante.

Céus! Por enquanto, abanou a cabeça concorde. Achou melhor entrar na fantasia tola do amigo para evitar debates inúteis. Ao contrário, já havia decidido por levar a Mikaela ao médico, que por coincidência, ficava bem ao lado do portão de saída.

Enquanto isso, o calhorda prometia pisar fundo no acelerador...

Lembrou-se das aulas escondidas de direção. Se a leoa-mãe apenas sonhasse...

Gazetinha arrematou:

— No caminho, pensaremos nos detalhes da minha ideia salvadora. Cara, tô tão orgulhoso de mim mesmo.

Enfim, Léo alegou a preferência por se entregarem à polícia. Se o plano louco de simular a morte desse errado, complicaria ainda mais o caso. Aliás, deve ser crime contar mentira para o delegado. A considerar a falta de sorte das últimas horas, melhor não correr tamanho risco.

— Pensa. A minha mãe surtará se me descobrir aqui. Já a Dona Ângela te matará, sem piedade.

O carinha tinha razão nesse ponto. Santa enrascada.

Gazeta insistiu na defesa do plano perfeito. O segredo era repetir a história até decorarem cada detalhe. Podiam fazer isso durante a viagem de volta.

Arrepiou-se.

O plano de assistirem àquele *show* e voltarem no prazo de quatorze horas também parecia excepcional. Aí, vieram os desastres seguidos. Agora, o desespero. Revirou os olhos.

Sem interromper a caminhada, voltou a balançar a moribunda. Nenhuma reação. Nunca acreditou que fosse possível morrer de amor. Foi pensar no sujeitinho abraçado à Sol para a crença vacilar. Antes fosse pesadelo.

Seguiu a costurar as pessoas.

Gazeta não calava a matraca.

Fez-se de surdo e reprocessou os últimos acontecimentos: para uma roqueira apaixonada, morrer no *show* dos *Stones* não era de todo ruim. Deus foi muito injusto ao arrastar dois menores para tamanha encrenca. Apenas havia desobedecido aos pais. A bem da verdade, foi por querer... Levou a mão livre à cabeça. Tô ferrado!

No palco, Mick Jagger apresentava a banda. Ou seja, aqueles eram os instantes finais, do qual perderam quase a metade... Que noite tumultuada!

A enorme placa luminosa do posto cada vez mais nítida. À direita dela, outra indicava a saída. Na direção desta, já havia grande afluxo de pessoas.

De repente, Gazetinha parou sem avisar.

Léo sentiu o tranco.

A moribunda levou um esticão.

Pálido, o cretino moveu os lábios além do necessário para pronunciar os fonemas numa perfeição sinistra:

— Temos companhia!

Entrou em alerta. Uma garota morena de cabelos azuis se destacou próxima. Sem sombra de dúvida, a Roberta. Para piorar, à direita e à esquerda dela, a poucos metros, Bruno e Paulão. Os três observavam quem passava a caminho da saída. Claro, procuravam por eles. Logo, sem querer, os delinquentes vigiavam também a entrada do bendito posto médico. Diacho! Qual a porcentagem de chance de passarem sem serem vistos? A falta de resposta o fez recuar. Lá se iam para o brejo os planos de ambos... Coçou o encontro das sobrancelhas.

Respirou fundo. Reparou em volta. Recuou. Recuou...

Achou melhor reavaliar a jogada.

03:10:00

Em seguida, permitiu-se o momento *jogar a toalha*. Lamentou-se por ter desobedecido a mãe. Sugeriu confessar todas as delinquências cometidas naquela noite insana e entregar o filme do celular da caveira ao policial de plantão no posto. O amigo entregaria a carteira estudantil falsa. A moribunda seria atendida. Quanto a eles, pagariam pela rebeldia juvenil. Melhor o corretivo agora do que serem presos no futuro por deslizes graves. Eis a grande lição daquele episódio.

Gazetinha franziu o queixo antes de esbravejar. A realidade: o caso terminaria em B.O. Por serem menores, ficariam detidos até os pais chegarem. Pronto, aí sim, ferrou geral!

A desacordada balançava a cabeça ao sabor dos movimentos dos carregadores.

– Talvez o médico só aplique injeções.

– Alto lá! Acabou de dizer para gente se entregar? Agora essa conversa mole! – Gazeta gesticulou de forma alucinada.

Reconheceu-se perturbado.

Não imaginava a barreira inimiga.

O amigo sugeriu darem a volta e tentar furar o cerco nas costas dos idiotas.

Achou a manobra arriscada demais. Se pelo menos a tia não estivesse apagada, poderiam passar agachados... Melhor, dar a volta e tentar alcançar o posto pelos fundos.

O teimoso insistiu em seguirem o seu plano original.

– Negativo! Ela não está morta! Melhor chegarmos em casa algum dia, mas, vivos... Ou se esqueceu do fusca destruído, da ameaça no aplicativo de mensagens e do assassinato da menina da capa do jornal? Estamos jurados de morte também! No fim das contas, falar a verdade sobre o ocorrido pode aliviar os castigos. – Tentou apertar o passo na direção da enfermaria.

A amigo de cabelos dor de fogo discordou e, ao invés de se mover, argumentou sobre o risco do castigo eterno.

Exagero dos exageros. No máximo, o corretivo duraria até os dezoito anos.

Sem acordo, cada um puxava a moribunda para um lado.

Nisso, avistou o tal grupo de malucos vestidos de roupas verdes. Daquela distância, poderiam muito bem espioná-los. Ao contrário da suspeita neurótica do amigo ruivo, em momento algum ofereceram perigo.

Mostrou-lhe a descoberta. O infeliz reafirmou a certeza de os *verdinhos* serem espiões da demônia.

Léo coçou o queixo.

– Véio, vamos furar o bloqueio. Serão três contra três!

– Três contra nada, seu imbecil! Esqueceu que carregamos a Mikaela nos ombros?

– Se a deixamos no gramado? Aí, serão dois contra três!

– Quer saber! Vá sozinho, seu egoísta! Fuja! Eu me viro...

No mesmo instante, duas mãos enormes lhe apertaram o pescoço. Sem conseguir sequer virar a cabeça, agarrou alguns dos dedos gordos do agressor, mas não foi possível se libertar. De rabo de olho, buscou socorro, contudo, o amigo também experimentava o mesmo suplício. A desfalecida, no meio dos dois, pendia a cabeça para frente. Estranho: o agressor não o sufocava. Talvez fosse apenas uma brincadeira. Mas quem seria o brincalhão. Caramba! Carambola!

Desistiu de resistir para aguardar o desfecho daquela presepada.

Noite maluca aquela...

02:38:42

Aí, pintou preocupação: se fossem parceiros da Roberta? Quando ela chegasse... A tensão subiu ao nível máximo. Debateu-se. Na luta para escapar, grunhiu:

– Ei, me solta!

Silêncio da parte do agressor.

Outro detalhe estranho: ao invés de ajudar, as pessoas passavam e riam. Riam de quê? De quem

Ou zombavam da boneca de pano molambenta? Nisso, tentaram tirá-la deles à força. Apesar da resistência heroica, dois garotos carecas a levaram para longe de seu campo de visão.

Nisso, os demais moleques mostraram os rostos. A maioria tinha cabelos raspados, cerca de quinze anos de idade. Pareciam se divertir com a sessão de tortura. Para piorar a sensação de impotência: vestiam camisetas escuras estampadas com caveiras brancas.

Lembrou-se dos brincos da Roberta, da animação do celular. Enfim foram capturados? Por outro lado, desenhos de caveiras são muito parecidos.

O grupo circundou os dois. Agora, exibiam caras sisudas.

Haveriam caído nas garras de outra gangue de delinquentes juvenis? Ou eram todos farinha do mesmo pacote? Talvez fossem organizados, divididos em células, igual aos terroristas estrangeiros. Será? Ou as caveiras estampadas não passavam de simples modismo adolescente? Para reforçar o palpite, lembrou-se das tantas caveiras em cintos, lenços, sandálias femininas e tênis de lona...

Na dúvida, suou frio.

Sem razão aparente, o pescoço foi liberado. Pensou em aproveitar a oportunidade para fugir, entretanto, não podia deixá-la para trás. Decerto, este fosse o exato propósito para a arrastarem para longe. Ou, a reservaram para a Roberta? Retorceu os dedos. As náuseas retornaram fortes.

Surgiu a surpresa a qual não dava para distinguir se boa ou ruim: o falastrão ruivo gritou um "Salve, salve!" para o garoto barrigudo metido a chefe.

Incrédulo, Léo arregalou os olhos.

Os demais pareciam confusos.

O cabeça de ovo piscou para ele. Caramba! Nem piscar um olho só o idiota sabia. E a tal piscadela significava o quê, afinal? Deviam fugir? Ou estavam entre amigos? Se eram tão amigos, por que foi quase estrangulado? Santo Deus!

Conferiu o estado da Mikaela, amparada por dois moleques: continuava a mesma boneca de pano.

Voltou a atenção para o circo armado pelo companheiro.

– Não me reconhece? Sou o Gazeta! – Estendeu a mão para o garoto gorducho, calçado de tênis cano alto de lutador, a camiseta mal cobria a enorme barriga de hipopótamo. Bem provável, o atrevido de dedos gordos, estrangulador de pescoços alheios.

– Caraca, Gazeta! Qual é desse vestidinho mequetrefe? – O barrigudo gargalhou.

– É uma fantasia!

O metido coçou debaixo do queixo.

Gazeta puxou Léo para perto de si e apresentou-lhe o estranho. Chamava-se Tomás. Nas palavras dele:

– Um tremendo chapa quente! Chegadaço!

Léo acenou em vez de dizer olá. Também, depois de quase ser estrangulado, não dava para ser simpático.

O Tomás percebeu a rugosidade do gesto, pois se desculpou:

– Foi mal, *brother*! Enganei-me. Queria pegar o Xarope!

Não entendeu nada.

Segundo Gazetinha, o fulano era outro chegadaço em comum.

– Tá! E costumam cumprimentar os amigos queridos pelos pescoços?

Tomás riu e tornou a pedir desculpas, daí esclareceu a confusão: o sujeito de apelido engraçado lhe devia uma grana. E o trambiqueiro, por trás, tinha os mesmos ombros, cintura e a bundinha murcha...

Risadas.

Pensou em protestar por zombarem do seu traseiro, porém, achou melhor ignorar. Refletiu sobre o festival de tolices ditas pelo gorducho. Talvez fosse o professor das tantas besteiras do Gazeta. Aliás, nunca soube daquela amizade... Apesar do nome não lhe parecer estranho. Podia jurar que já ouvido antes. Vai saber.

Tomás continuou a explicação. Para fortalecer a coincidência, a namorada esquisita do Xarope lembrava o Gazeta vestido de mulher.

Putz! A menina devia ser muito desprovida de beleza.

Recuou meio passo.

Gazetinha apresentou os outros membros da turma, alguns pelos nomes, outros, pelos apelidos: Sérgio, Hiago, Dentinho, Pesão, Graveto, Mixaria, Vento Levou, Tomate e Gibi.

Sorriu solene para todos. De vez em quando, conferia o estado da tia. Não gostou da situação da coitada.

Para piorar, continuavam ao alcance visual da Roberta. Azar pouco era bobagem.

Por fim, Tomás informou o nome de sua turma:

– Somos os *Metaleiros Psicóticos*. Tá ligado?

Estremeceu. Também teve quase certeza de já ter ouvido aquele nome antes... Quando? Onde?

Na sequência, Tomás e Gazetinha trocaram comentários estúpidos a respeito do *show*. O pior saiu da boca do primeiro, ao afirmar que a Banda Metálica era melhor que os *Stones*. Não entediam nada de *rock*.

A tia continuava no mesmo estado.

Nisso, por certo, Tomás percebeu o interesse de Léo pela mulher desacordada, do nada, perguntou:

– E aí, qual foi a da coroa dorminhoca?

– Deu PT! – O calhorda frisou bem a sigla.

– Perda total? Foi pro saco preto? Se pirulitou? Ah! Para! – O gorducho arregalou os olhos tipo monstro de desenhos animados.

Já o aloprado reclamou para si o mérito do diagnóstico.

Léo rosnou.

Se o falastrão sempre sambava na hora do aperto, agora dançava no estilo *Hip Hop*. Eis a maneira de o convencido manifestar alegria?

– Para tudo! Você, véio, certificou o óbito? Pra cima de mim? Comédias das comédias. – Tomás riu.

Risos ecoaram dentro da turma de metaleiros.

O idiota ruivo fez cara de bolinho de chuva.

Santo Deus! Enfim, alguém duvidava daquela morte absurda.

Segundo o Tomás, ele não sabia nem a hora de usar a privada. Sempre precisavam lembrá-lo das obrigações intestinais:

– Gazeta, já sentou no trono hoje?

Revelou conhecer da compulsão do maldito por refrigerantes. Nunca vira alguém gostar tanto de porcarias. Se essa tranqueira industrializada fizer mesmo tanto mal como dizem, o linguarudo cantaria para subir antes dos vinte.

Mais risos.

A cara de bolinho de chuva se repetiu.

Tomás voltou a atenção para o grupo, levantou o braço:

— Dr. Tomate, por gentileza, confira a coroa pra gente!

Doutor? Léo prendeu a respiração.

Um garoto alto, magro, saiu da roda, valeu-se da lanterna do celular para examinar a paciente.

O chefe confidenciou que o magrelo cursava o segundo período de Medicina numa faculdade pública. Ao contrário do inconsequente, já sacava muito do ofício. Prometeu um diagnóstico confiável em minutos.

Cruzou os dedos.

O futuro médico examinou o pulso, as pupilas e a língua da moribunda.

Na expectativa por más notícias, o estômago revirava. Jurou para si: caso o imbecil vermelho estivesse errado, o socaria sem piedade.

Daí, o futuro doutor cochichou ao ouvido do chefe que em seguida abriu os braços e anunciou:

— Relaxa! A tiazona apenas desmaiou mesmo. Deve recobrar os sentidos em breve.

Léo suspirou, arrastou os dedos da testa até a boca: Deus, obrigado! Depois da sensação boa, partiu para cima de língua-solta.

Três garotos evitaram a briga.

Tomás lhe afagou o ombro.

Pretendia agradecer o gorducho pela ajuda quando o enjoo voltou forte. Foi impossível segurar. Aí se deu a tragédia...

— Ei, espiem essa droga! O carinha vomitou no meu tênis novinho!

Ninguém riu do chefe.

Léo recuou dois ou três passos. Pronto, fizera uma bruta besteira bem ao estilo do amigo falastrão. Nem adiantaria alegar que foi sem querer.

O silêncio dos metaleiros deixou a situação tensa.

De semblante estatelado, o companheiro massacrava a cabeleira rubra. O gestual devia significar um problema de vida ou morte ao quadrado, multiplicado por Pi. Caramba! Carambola!

Tomás retorceu as feições do rosto antes de trovejar:

— Pô, véio, aí foi osso. Fechou o tempo! Tá certo, apertei o pescoço dele. No entanto, prestamos serviços médicos de altíssima qualidade. Aí, o carinha paga dessa forma...

— Cacilda! Outra prenda não. Por hoje já deu! — Gazetinha recolheu a língua enorme antes de tapar a boca.

Tomás torceu a cabeça de lado.

Léo teve vontade de matar o amigo falador. A boca ardeu só de lembrar da bebida verde.

O gorducho balançou a cabeça tipo lagartixas de parede, antes de soltar a pérola:

— Taí, gostei! Vê-los pagar prendas será divertido!

Léo culpou a tensão pela morte da tia de lhe embrulhar o estômago. Quando soube da bendita notícia, vomitou de alegria. Pediu desculpas.

O barrigudo repetiu a mesma balela dos carecas por ocasião da bebida verde que não aceitava desculpas!

Juntou os lábios. Imaginou-se obrigado a tomar outro gole de alguma outra bebida forte. As mucosas da boca arderam.

No mesmo instante, foi arrastado para o centro da roda.

Pelo menos, descarregar o conteúdo do estômago lhe trouxe sensação de alívio. Agora, queimava de raiva por causa da invenção da morte da Mikaela. O maldito só dava mancada. E ele, bobo, chegou a acreditar.

De soslaio, espiou o tênis do Tomás todo coberto de vômito. Putz! Aquilo não iria acabar bem... Lágrimas minavam nos olhos. Temeu a Roberta por tanto tempo para serem esculhambados por idiotas do círculo de amizade do Gazeta. Eita noite sem lógica!

— Decidi! Beijarão garotas! — O chefe anunciou.

Passou a respirar rápido, achou a prenda boa demais.

O cretino alegou não merecer tal castigo.

— Pessoal! Reparem a cara de pau desse malandro! Ficou claro, o carinha vomitou no meu tênis por causa da mentira dele. Pagará também!

Léo abanou a cabeça concorde. Agora não achou o Tomás tão idiota. Pelo menos, foi justo. Contudo, a presepada de beijar à força, o assustava.

O carinha tentou se defender, porém, foi interrompido pela máxima:

— Quebrou, pagou! É a lei!

Gazeta só podia ser imbecil ao quadrado multiplicado por Pi, sobre a hipotenusa do retardamento mental, pois ainda teve coragem de pedir para escolherem uma garota bonita para ele beijar...

Os risos dos *Metaleiros Psicóticos* foram constrangedores.

O barrigudo abriu os braços do tipo: tá de brincadeira, né?

Enquanto os garotos procuravam a prenda, o língua-solta foi empurrado para perto dele.

— Então, a minha tia deu PT, né, seu imbecil! Quase me matou de susto. — Mal terminou a frase, golpeou-lhe a barriga.

Os dois foram separados.

Tomás exigiu agilidade dos comandados.

Aí, veio a surpresa: a maioria apontou para a Mikaela.

Os olhos se arregalaram sozinhos.

O estardalhaço:

— Não a beijarei nunca!

— Mano, a eleição foi justa. Ou você não acredita na democracia? Resolvemos tudo no voto. Sabe disso.

O carinha implorava por clemência enquanto o arrastavam ao encontro da moribunda.

Tomás ainda exigiu um beijo apaixonado.

Léo se retorceu de gastura. Tapou o rosto, para espiar a cena pelas gretas dos dedos.

Gazetinha enfeixou as veias do pescoço. Ao contrário da determinação do chefe psicótico, deu apenas um selinho.

Os metaleiros protestaram.

O chefe impôs a autoridade:

— Beije para valer! Seja homem!

Risos e gargalhadas.

O estômago embrulhou só de se imaginar no lugar dele.

O coitado aplicou o tal beijo de língua, melado, pegajoso, gosmento, misturado à baba do beijoqueiro tarado. Argh! Troço nojento.

Os moleques bateram palmas e assobiaram.

De novo, a vontade de vomitar. Só faltava a turma escolher também a tia para ele pagar a maldita prenda. Preferia apanhar ou morrer.

Gazeta tossiu e limpou a boca na gola da camiseta.

Não conseguiu sentir pena.

Tomás proferiu a nova ordem:

— Agora é a vez do porcalhão.

Engoliu seco. No íntimo, repetia o mantra:

"A minha tia não!"

Os moleques voltaram a procurar um alvo.

Suspirou. Mesmo se escolhessem a menina mais esquisita e malcheirosa do mundo, ficaria no lucro. Deus! Quando aquilo acabasse, jurou para si, socaria muito o Gazetinha. Muito mesmo. Idiota! Falou pelos cotovelos, eis o resultado.

Nisso, a maioria dos metaleiros apontou para a direita. Miravam muitas garotas, duas ou três, bonitas.

Aquilo não lhe pareceu nada bom.

Tomás tornou a dar aquela coçada na parte de baixo do queixo.

Coincidência ou não, Mixaria caminhou, passou pelas bonitas, na direção de outra alta, magra, morena, de cabeleira azul...

A Roberta! Piscou os olhos. Não sonhava. Um arrepio percorreu o corpo. Putz! Fez menção de fugir, foi contido a tempo.

Gazeta também tentou escapar e também foi agarrado.

O chefe assobiou.

Mixaria deu meia volta segundos antes de abordar o alvo.

Os ombros de Léo desabaram. Nunca imaginou fosse achar melhor beijar a boca da Repilica repleta de babas misturadas.

Tomás quis saber o motivo do desespero.

– Uma menina de cabelos azuis e dois carecas nos perseguem. – Léo explicou entre os intervalos da respiração alterada.

– Gostei! Dez contra três! – O gorducho tornou a dar aquela coçada por baixo do queixo.

– Ajudará a gente, véio? – Gazetinha esculpiu o rosto para a alegria.

Enfim, foram libertados.

– Demorô. Brigar na covardia é pura diversão! Cara, eis o meu esporte preferido.

Apesar de ter escapado do provável beijo malcheiroso, continuava desconfiado, achou a possível ajuda, fácil demais. Pelo menos, a balança penderia para o lado deles: dez contra três.

– Tá! Muito por acaso, a tal menina de cabelos azuis tem nome?

Gazetinha respondeu de pronto.

Tomás estatelou o semblante:

– Para tudo! Os carecas seriam o Bruno e o Paulão?

Léo confirmou com um aceno de cabeça.

O gorducho lançou a pergunta absurda:

– Vocês têm plano funerário?

Os demais fecharam o cerco, decerto para ouvir aquela conversa de hospício.

Engoliu seco.

— É que essas empresas funerárias servem um leitinho queimado danado de gostoso. — Tomás explicou.

— Tem pão de queijo, broa de milho, pastéis de carne com azeitona miúda... Humm! Tudo quentinho. — Dentinho caprichou na propaganda.

Outro passeou a língua entre os lábios.

Pezão esfregou as mãos.

— Sempre merendamos nas capelas de velório quando estamos de bobeira no centro. — Tomás riu.

Risos pipocaram.

Graveto acrescentou o detalhe:

— E sempre estamos de bobeira no centro.

Risos.

— Aí! Ajudarão a gente ou não? — Gazeta insistiu.

Silêncio.

Léo arriscou a proposta de oferecer retribuições. Se fosse preciso, venderia a Sofia. Melhor perder a bike, a morrer torturado.

Tomás alongou os braços, remexeu os lábios carnudos, em seguida, soltou a bomba:

— Aqueles três são animais selvagens! Tô fora! — Deu as costas e partiu a passos largos. Os outros garotos seguiram o chefe.

Os braços formigaram. Mirou em todas as direções. O posto médico e o portão de saída a uns cem metros. Procurar socorro, além de perigoso, perdera a urgência, ela acordaria a qualquer momento. Retornar no rumo do palco, fora de cogitação também, o público caminhava no sentido contrário, logo, de novo em evidência, virariam papa de gato. Entregar o filme para polícia, ali, complicaria o caso, a Roberta poderia cercá-los antes. Tentar sair pela portaria, pior. A última frase do Tomás ainda ecoava na mente. A grande pergunta: fazer o quê? Odiava quando a vida o colocava em sinucas. Quando os derradeiros moleques entregaram a Mikaela, resolveu sair pelo lado direito, só para fugir do campo de visão da maldita, pois necessitava de sossego para numa solução para o impasse.

— Bando de bufões! — Deixou escapulir em voz alta a impressão deixada pelo grupo que ostentava caveiras nas camisetas. Os idiotas só podiam ser amigos do Gazeta.

02:20:00

A única notícia boa da noite: ela vivia. Já a encrenca original só piorava. Ainda precisava escapar da gangue animalesca, a qual ninguém encarava, para chegar em casa em cerca de duas horas. Aumentaria a possibilidade de sucesso se a desmaiada acordasse...

Ao longe, uma caminhonete seguia a caminho da portaria de serviço. Acelerou as passadas na mesma direção.

Gazetinha indagou o destino.

– Não conversa comigo! Estamos de mal pelo resto das nossas porcarias de vidas!

– Cara, fiz besteira em cima de besteira. Menti, falei demais, zoei você, dei PT falso na Mikaela. Sou quase débil mental. Reconheço. Pô, foi sem querer. Na verdade, desejava me autoafirmar. Acha fácil ser estúpido perto da sua mega inteligência?

Ignorou-o.

O cretino retomou o discurso. Na avaliação dele, o incidente do vômito serviu para sepultar de uma vez por todas a ideia de se entregarem para a polícia e abandonar a simulação da morte da Dona Mika no sofá. Por outro lado, a enrascada não aliviara. Se até os *Metaleiros Psicóticos* amarelaram, a Roberta devia ser invencível. Quase a mulher maravilha do cinema. Ou seja, estavam diante de um *big* problema. Mas, juntos, podiam mais. Por fim, suplicou perdão e prometeu que não faria nenhuma besteira nas próximas vinte e quatro horas.

– Só isso?

– Garotos não juram pela eternidade. Aí, é forçar a barra!

O destrambelhado tinha razão. Topou o acordo e impôs a condição: bobeou, tchau! Explicou para o recém-perdoado a pretensão de chegar ao Jimi Hendrix pelo mesmo local por onde entraram.

Gazeta não protestou e nem fez qualquer comentário. Pelo jeito, levava o juramento anterior a sério.

Caminharam por cerca de cinco minutos, até o infeliz reclamar pela primeira vez da distância da portaria de serviço e do peso da carga.

Num segundo momento, parou de andar...

Léo protestou, com o *show* no finzinho, em instantes aquele local se transformaria num formigueiro. Quanto antes chegassem ao fusca, mais rápido se livrariam da Roberta e ainda pegariam a estrada vazia.

O preguiçoso apontou o descampado aquém à portaria de serviço e argumentou que quando estivessem em campo aberto, qualquer panaca perceberia os três abraçados. Ali, seriam presas fáceis...

Caraca! Aquela manobra era suicida. Voltou ao dilema de sempre. Se correr, a demônia pega; se ficar, ela pega do mesmo jeito. Aquele troço já ficava chato. Inquietou-se.

— Admita, a gente entrou na maior gelada!

— Ei! É isso! O moço legal do caminhão do gelo talvez possa nos ajudar. — Sacou o cartão de visita do bolso traseiro do jeans.

Gazetinha murchou os lábios.

— Ele gostou de nossas fuças. Tenho o mesmo nome do filho, lembra? Instinto paterno não costuma falhar.

— Se quer mesmo saber a minha opinião, achei-o legal demais para o meu gosto. Tem caroço nesse angu. Se for algum maluco, esquizofrênico?

— Não diga besteira! — Ligou o celular, a tela exibiu o cronômetro. Os lábios se pressionaram sozinhos diante do prazo apertado. Teclou a sequência de números contida no cartão, porém o barulho dos transeuntes o impediu de ouvir quem falava do outro lado da linha. Trocou a chamada de voz pelo envio de mensagens curtas.

— E então?

— Vamos esperar pela resposta do Marcelo, aqui, quietinhos.

— Temos todo esse tempo?

Fixou a atenção na tela do celular. O vendedor de gelo estava *online*.

Gazeta se aproximou, sem deixar de segurar a moribunda.

A caixa do aplicativo de *chat* piscou.

Olá!
Boa noite, ceguinho!
Deixe-me adivinhar:
Se meteram em confusão!

Sim, e das grandes.

> Tá!
> Precisam de qual tipo de ajuda?

Do tipo: tirar a gente daqui de dentro,
Na velocidade da luz!

> Sem serem vistos... Suponho.

Exato! Operação resgate?
Ultra super secreta! Topa?

> Vamos nessa!
> Prometi ajudar, não foi?

Já resgatou alguém?

> Nunca.
> Será meu batismo de fogo.
> Só um problema.

Qual?

> Vocês podem vir até aqui?
> Sairei em três minutinhos.
> Ou então... Será preciso marcar outro ponto de coleta.

Onde você está?

> No posto médico.
> Três minutos, hein!
> Fechado?

Ok! Câmbio, desligo.

Vasculhou o rosto de companheiro em busca de qualquer comentário animador. Precisou esperar ele ler as mensagens, para no final, exclamar:

– Cacilda! A turma da Roberta está no meio do caminho... Ferrou! Essa operação de resgate é suicida também!

Léo defendeu a crença de o Marcelo ser a única chance de saírem dali em segurança. Dispunham de pouco mais de duas horas para chegar em casa. O *show* acabou naquele instante. Portanto, era partir ou... morrer na tentativa... A missão quase impossível: arrastar a Repilica até o posto, em três minutos, sem serem vistos pelos perseguidores.

Se pelo menos ela acordasse... Ao contrário, continuava a boneca de pano de sempre.

De repente, o alarma:

— Mete o pé, véio! Vamos salvar o nosso couro.

Puseram-se a correr.

Para se misturar às demais pessoas, Léo agitou o braço desocupado, a simular alegria adolescente.

Gazetinha o acompanhou sem perguntas.

No meio do caminho, zombou dos metaleiros valentões:

— Onde conheceu aqueles idiotas?

Gazeta alegou serem seus vizinhos de quarteirão. Porém, não rendeu assunto. Preferiu duvidar da ajuda do tal entregador de gelo. Argumentou o trocadilho: iriam pular do fogo para caírem numa gelada...

Já Léo aceitava socorro urgente, viesse de onde viesse. Não pretendia enfrentar a Roberta. Não depois das palavras do Tomás sobre serem uns animais.

Seguiram adiante.

De novo, a bandeira na ponta do mastro do posto médico ficava nítida.

Mas, os músculos doíam muito. Logo, foi obrigado a diminuir o ritmo da corrida.

"Por que não fiquei em casa?" – Lamentou-se em pensamento.

— Curtiu o *show* ou não? – O língua solta provocou, entre um gemido e outro.

— Pra caramba! Se não fosse a medusa, teria sido espetacular!

— Para mim, a megera injetou adrenalina na nossa aventura. Foi emocionante. Maluco!

Espiou a coitada. Desmaiar de amor. Putz! No fim das contas, melhor que morrer, contudo, a bem da verdade, ela perdeu boa parte da farra.

Agora, caminhavam em silêncio, arquejantes.

De repente, travou o passo e se abaixou:

— Qual foi agora?

— Um dos carecas quase avistou a gente!

— O Paulão ou o Bruno?

— Qual a diferença, Brô?

O imbecil grunhiu qualquer coisa. Reconhecia a própria idiotice?

Léo alertou sobre o Paulão mirar na direção deles.

Abaixaram-se. Mika acabou de joelhos. Apertou as pálpebras. Rezou rápido. O simpático motorista do caminhão de gelo salvaria a noite. Precisava acreditar. O problema seria chegar até ele dentro daquele prazo apertado.

Continuaram abaixados.

Às vezes, arriscava uma espiadela.

O Paulão persistia curioso. Ora pendia a cabeça para um lado, ora para o outro. Bruno continuava a vigiar o lado esquerdo.

Nisso, o grandalhão acenou para a Roberta e indicou na direção deles.

Gazetinha sussurrou a pergunta:

– Caminham para cá?

– Sim, não, talvez...

O carinha rosnou. Decerto por causa daquela resposta nada a ver.

Léo não teve tempo de tentar explicar, apenas deixou escapulir o lamento quase num grito:

– Avistei o caminhão de gelo! Só que...

Levou um tapa.

Aceitou a reprimenda pelo descuido de falar tão alto. Em seguida, explicou a decepção: se conseguissem passar pelo cerco inimigo, cairiam noutra gelada. Em volta do caminhão salvador havia muitos policiais. A desacordada chamaria a atenção... Caramba! Carambola!

Gazetinha inquietou-se.

Esticou o pescoço para espiar o cenário entorno e tomou o maior susto, de tão grande, voltou a quase gritar:

– A casa caiu! Fomos descobertos! Corre para o outro lado! Vai!

Debandaram no rumo da portaria de serviço.

A cabeça funcionava a mil. De qualquer forma, o Marcelo passaria em frente à portaria principal. Não imaginou outro caminho. Aí, pegariam carona lá na frente. Se o palpite se confirmasse errado, estariam bem encrencados. Pior, morreriam...

A necessidade de correrem abaixados obrigava a moribunda a arrastar os sapatos pelo gramado e esse detalhe poderia chamar a atenção das pessoas... Alguém podia pará-los... A situação crítica não dava trégua, ao contrário, só piorava.

Minutos depois, tentaram se esconder num ponto bem à direita da portaria principal, onde imaginou, o caminhãozinho passaria para atalhar o caminho. Havia dois sulcos paralelos no gramado a sugerir o trânsito de carros.

Gazetinha quis saber o motivo da parada.

– Esperaremos o Marcelo aqui.

De repente, outro alarma:

— Cacilda, Leonardo! Olha! Olha! — Apontou no sentido do posto médico.

Manobrou para se inteirar dos fatos. Sentiu a pele do rosto se esticar sozinha, à medida que o cérebro compreendia o novo golpe sofrido naquela aventura maluca. O caminhão da geleira esquimó se afastava do posto, pelo outro lado, logo, daria a volta na multidão, passaria atrás do palco e chegaria à portaria de serviço pelo caminho mais longo. Pronto. Aquele erro de cálculo fatal os entregava de bandeja para o azar. Estapeou o próprio rosto.

A notícia boa: Os perseguidores pareciam voltar para as posições iniciais. Gazetinha remexia os pés; devia se aquecer para o samba do desespero. Por mensagem de texto, informou ao Marcelo o novo ponto de resgate. Nisso, certa voz feminina familiar, num tom nervoso, ecoou próxima:

— Quero o maldito celular agora! — Cacá retorcia as linhas do belo rosto enquanto arrancava da testa a faixa do *Rolling Stones*, depois a abanou bem alto. Sinalizava para os demais delinquentes a descoberta das presas?

Espiou em volta. Exaustos, não conseguiriam arrastar a sobrecarga numa fuga heroica, muito menos podiam abandoná-la para se salvarem. Ninguém para pedir ajuda. Bruta idiotice esquecer a Cacá. Ela ficara mesmo do lado dos amigos marginais. Escolha lógica, aparecera também no trágico e comprometedor filme.

Restava entregar o telefone. Apalpou o bolso. Pensou melhor: no futebol, a partida só acaba quando o juiz ergue o braço. Ainda tinha chance de reverter o placar se conseguisse enrolar os algozes até a chegada do Marcelo. Pois ele viria sim. Tinha o mesmo nome do filho, esse detalhe ativaria o instinto paternal. Ou, pelo menos, precisava crer nisso.

Foi quando Roberta, Bruno e Paulão chegaram.

Os dois se entreolharam, num gesto de despedida...

02:03:00

Contemplava, ainda sem ação, o tamanho da encrenca: Cacá deu a volta para impedir a fuga pelo descampado. O trio travou o retorno para a portaria principal.

A tia continuava apagada.

Os quatro inimigos já comemoravam a vitória. Tinham boas razões para tanto.

Lembrou-se das brigas do passado, aquela era, de longe, a pior.

Ergueu o queixo, agarrou-se à ideia do juiz de futebol, a princípio bem maluca. Para ganhar uns minutinhos extras, nos quais poderiam acontecer vários milagres, tipo: Seu Marcelo, um policial ou um adulto se aproximar, achou conveniente puxar conversa com a diaba. Se ela não caísse na lorota, restaria o esculacho... Espalmou a mão desocupada e trêmula:

– Que tal resolver a nossa pendenga sem violência?

– Qual é, carinha! Isso aqui não é filme de Hollywood para ficarmos de bate papo na cena final. – Roberta ralhou.

Os carecas cerraram os punhos.

Léo insistiu num acordo bom para os dois lados.

Cacá entrou na conversa:

– Léo, a Bebela não se machucou no acidente, devolva o celular. Tudo não passou de um mal-entendido.

– Quem me garante? A sua amiga querida até jurou nos matar!

Gazetinha sambava...

Bruno sugeriu começarem logo a festinha mega ultra *punk*.

Gesticulou calma e apontou a desmaiada.

– Preciso levá-la ao médico.

A demônia exibiu passes de *Hip Hop*. Ou seja, o argumento do socorro não colou. Nem colaria nunca, o posto ficava do outro lado. E a troco de que os inimigos cuidariam da saúde das vítimas, se as intenções eram as piores possíveis... A dedução se confirmou nas risadas dos carecas. O negócio só azedava.

— Entregue o celular, seu teimoso! — Cacá suplicou de mãos postas.

Gazetinha salpicou as palavras:

— Somos inocentes!

— Vocês me atropelaram, me furtaram, violaram o meu telefone e ainda se acham livres de culpa. Escambau! — A moça de cabelos azuis enfeixou as veias do pescoço.

— Fale a verdade: atravessou a rua sem olhar! Por pouco não empacotou. Todo mundo erra...

Gazeta jogou gasolina na fogueira quando garantiu não terem bisbilhotado o celular da caveira.

Prendeu o fôlego. Cadê o Marcelo? Tal imaginou, a conversa começou a degringolar de vez.

— Mentiroso descarado! O Leonardo me chamou de assassina pela rede social. Para tirar essa conclusão, conseguiu assistir ao filme. Posso parecer louca, porém, nunca fui burra.

Paulão, o maior deles, interviu num tom áspero:

— Se é assim, Bebela, não adianta recuperarmos o telefone!

— Eles nos entregarão para a polícia cedo ou tarde. Vamos torrá-los! — Bruno sentenciou.

Gazetinha estatelou o semblante e a moribunda continuava a mesma boneca de pano. Fim de *show* do cão! Tossiu de nervoso.

A moça de cabelos azuis gesticulou negativo.

Bruno remexeu os ombros.

Cacá elevou os braços e falou:

— Gente, se eu explicasse a lógica do filme para eles?

Foi quando o ronco de motor de carro chamou a atenção. Dois faróis levantavam poeira no descampado. Vinham na direção deles. Além disso, buzinava...

— É o Marcelo! É o Marcelo! — Gazetinha anunciou.

Léo comemorou a surpresa. Apesar da luz forte dificultar a identificação do veículo, acenou para o foco luminoso e recuou para abrir espaço.

Os carecas se entreolharam.

Cacá se juntou à Roberta.

Ainda que não fosse o Marcelo, eis um bom momento de fuga. Acorda, tia! Vai! É agora ou nunca!

Alegrou-se ao confirmar o palpite certeiro: o caminhãozinho da *Geleira Esquimó* arrastou os pneus entre os dois grupos rivais e elevou uma nuvem espessa de poeira. Tosses, espirros, palavrões truncados dominaram o ambiente.

Na confusão, a ordem da Roberta se fez ouvir:

– Não os deixem escapar!

Marcelo abriu a porta do lado do passageiro:

– Vamos! Vamos! Rápido!

Gazetinha entrou primeiro e arrastou Mikaela.

Enquanto isso, por coincidência caprichosa do destino, o salvador disparava o extintor de incêndio contra os inimigos. Assim, a megera levava o segundo banho de pó branco da noite.

Caramba! Não achou aquilo nada bom

Os delinquentes soltavam palavrões. Além do barulho de murros contra a carroceria, ou de passos rápidos no cascalho.

Sem lugar na cabine, Léo fechou a porta, firmou os pés no estribo e se pendurou na janela pelo lado de fora. Nisso, duas mãos agarraram as barras da sua calça jeans. Virou, por pouco, não caiu de joelhos, Paulão lhe sorria. Putz! E agora?

O motorista descartou o bujão vazio do extintor no assoalho.

Mais gritos indecifráveis da Roberta e da Cacá.

A operação de fuga se transformava numa trapalhada. Todos falavam ao mesmo tempo dentro da boleia e ninguém se entendia...

01:57:00

Enquanto se debatia, pensou em se entregar para salvar os demais. Desistiu logo em seguida. Se passasse por aquele desafio, ainda precisava alcançar o Jimi Hendrix. E já lhe faltavam forças.

Nesse meio tempo, Gazetinha deitou no colo de Mikaela e pôs a cabeça para fora da janela e sussurrou:

— Como posso te ajudar? Fala rápido!

— Cara, me abraça forte, vou afrouxar o cinto.

Assim foi feito.

Léo gritou:

— Arranca, seu Marcelo! Vai! Pisa fundo!

Gazeta ajudou no coro.

O pequeno caminhão voltou de ré.

Durante a manobra, confiou o peso do corpo aos braços do amigo ruivo. Então, a calça *jeans* escorregou pelas pernas sem muita dificuldade, costumava comprar números maiores só para precisar colocar cinto. O capricho adolescente teve, enfim, uso prático.

— Tô livre! Tô livre! Vamos embora.

Paulão, mesmo caído na poeira, vasculhava o *jeans*, decerto, em busca do disputado celular da namorada.

O veículo saiu a toda velocidade.

Gazetinha voltou para o assento.

Respirava acelerado. O corpo tremia, a brisa da madrugada o congelava da cintura pra baixo. Por fim, comentou:

— Foram-se as calças, ficaram os calçados.

Marcelo limpou o suor da testa e suspirou:

— Bela encrenca vocês se meteram, hein!

Gazeta embolou as palavras para indagar sobre os celulares.

Léo indicou os volumes nos bolsos da blusa. Foi a primeira preocupação, antes de desatar o cinto. Não podia, àquela altura do campeonato, dar tamanho presentinho aos inimigos. Agradeceu-o pela força.

A moribunda seguia esparramada no assento.

O vendedor de gelo, ralhou num tom de brincadeira.

– Lembro-me de ter aconselhado para não se meterem em confusão. Pelo jeito, falei grego.

– Bem que tentamos. Não deu mesmo, tio... – Gazetinha murmurou.

O salvador apontou o queixo para a passageira desacordada e indagou se era quem procuravam. Foi apresentado à famosa hippie. Pena não vivesse seus melhores momentos. Iria gostar dela.

– Exagerou na bebida? Foi?

– Desmaiou por causa duma bobeira chamada amor!

Marcelo fez o sinal da cruz sobre o rosto.

– Avistou o futuro namorado do passado nos braços de outra. – Léo completou.

O bom homem defendeu uma tese semelhante à do cretino rubro. Para ele, os apaixonados platônicos deveriam se internar no hospício. E ainda filosofou que homem apaixonado é um derrotado!

Daí em diante, os dois emendaram um monte de besteiras sobre o amor.

Léo se fez de surdo.

Num dado momento, projetou o corpo, espiou a retaguarda e prendeu o fôlego. Cacá corria na frente dos demais, em direção à portaria principal. Não foi difícil deduzir o plano: a traidora guiaria os comparsas até o Jimi Hendrix.

Voltou o corpo à posição original, desistiu de contar a terrível descoberta, achou melhor pensar nos acertos do plano de fuga. A nova posição das peças no tabuleiro havia se complicado. Ao menor descuido, os inimigos anunciariam o xeque-mate.

Marcelo sugeriu levá-la ao serviço médico do evento.

– Esquece! Ela sempre volta. Já é o segundo desmaio hoje. Assustou, apagou. – Gazetinha fez a mímica.

– Conseguiram pelo menos aproveitar o *show*?

– Véio! Foi o melhor de nossas vidas. Valeu cada tudo...

Léo apenas sorriu solene, ainda não possuía opinião formada. Talvez, agora, pendesse para o arrependimento de não ter obedecido à leoa-mãe.

– Onde pretendem saltar?

Gazeta indicou o estacionamento além dos muros.

Num tom que partiu da zombaria para a preocupação, o vendedor de gelo expôs o problema de cueca do lado de fora da boleia. Podia se encrencar na portaria. Precisavam resolver aquilo bem rápido.

Léo mostrou os dentes. Ainda pensava numa contraofensiva à traição da Cacá, quando foi cobrado por estar sem as calças. A tensão não dava trégua e a portaria de serviço se aproximava.

– Cara! Depois de tudo, seremos presos por causa de sua bundinha murcha ao vento. – Gazetinha zombou.

Léo pediu a túnica emprestada.

Ele sorriu aquele sorriso de quem ri por último e zombou da necessidade do amigo de se travestir de menina. Na boca do Tomás, com certeza, seria a piada do bairro. Desejou a mesma sorte.

Gesticulou para acelerar a entrega da veste salvadora.

Marcelo riu antes de perguntar sobre quem dirigiria na volta para casa.

Gazetinha apontou para si, enquanto entregava para o seminu, a peça principal de seu disfarce de anjo decaído.

Léo apropriou-se da peça de roupa com certo afobamento. Fazer o quê? Devia me chamar Leonardo Sempre Encrencado.

O motorista deu outro risinho e mofou sobre sentir cheiro de encrenca no ar. Só não se ofereceu para levá-los até a cidade porque chegara o sagrado momento de receber as vendas da noite. Interrompera a cobrança só para socorrê-los. Imaginou: se fosse o filho dele a necessitar de ajuda? Lamentou a saudade da juventude, onde sempre se metia em divertidas confusões. Agora, só trabalho, correria e contas para pagar...

O caminhão guinou à esquerda e entrou na pista de terra principal, rumo ao portão.

A tia repousava a cabeça no encosto do banco.

– Aliás! Qual foi a bronca? Aquela turma parecia da pesada... – O homem formulou a pergunta enquanto esperava a liberação do tráfego na saída.

Gazetinha resumia o caso.

Léo aproveitou a parada providencial, pulou no chão e se vestiu. Em seguida, passou a pé pela portaria sem problemas. Do lado de fora, o estacionamento lembrava cidade do interior de madrugada. Deserto. Nenhuma alma viva.

O caminhão parou perto do Jimi Hendrix.

– Ficarão bem?

Respondeu que sim para o prestativo salvador, enquanto ajudava Gazetinha na tarefa penosa de descer a boneca de pano molambenta, teimosa em não acordar. Agora, a fuga atrapalhada entrava num novo e perigoso estágio. Não lhe saía da lembrança a possível cilada da Cacá. Sem contar que corriam contra o tempo...

O motorista sugeriu o plano B de o esperarem na portaria de serviço. Demoraria uns 40 minutos para terminar a cobrança. Lá, próximos aos porteiros armados, os delinquentes não teriam o desplante de atacar. Franziu a testa enquanto puxava o celular do bolso da camisa.

Gazetinha olhou para Léo. Pelo jeito, gostara da proposta.

Sem chance, o cronômetro do pai não perdoaria, além disso, ali, se fizeram passar por cego e surdo-mudo. Se fossem reconhecidos?

Antes de bater a porta, tornou a agradecer a ajuda.

O caminhão retornou para o evento.

Os dois apertaram o passo na direção do Jimi Hendrix.

Gazetinha reconheceu a primeira falha de seu sexto sentido. Agora, achava o Marcelo legal.

Primeira falha? A certeza da morte da Repilica não contava? Charlatão! Pensou e não falou.

Na sequência, um silêncio tenso tomou conta dos dois. Caminharam poucos metros, quando o companheiro anunciou num tom grave:

– Temos companhia!

Vasculhou o lado onde o sujeitinho concentrava a atenção. Quatro silhuetas escuras, na contraluz da rala iluminação, corriam na direção deles. Só podia ser os quatro perseguidores. O pior: a traidora sabia a exata localização do fusca. Arrependeu-se de não esperar a tal carona do Marcelo. Tarde demais.

Agora, as suas vidas dependeriam apenas da agilidade deles.

Forçou o passo...

01:44:00

Diante do maior desafio da vida, se fossem rápidos, sobreviveriam... Se não, a louca aventura acabaria ali, no meio da madrugada, naquela ponta esquecida do estacionamento.

— Cacilda, véio! Tem algo muito errado nessa droga.

— Qual foi agora? — Tateou os bolsos à procura das chaves do Jimi. Nem sinal das benditas.

— Os inimigos aumentaram. Vejo sete silhuetas vindo para cá!

Olhou no rumo da outra portaria. Rangeu os dentes. Na verdade, eram oito vultos. Talvez não fossem os perseguidores, pois muitas pessoas já começavam a deixar o recinto, por certo, para fugir do congestionamento.

Em claro pavor, Gazeta firmou as costas da moribunda contra a lateral do fusca. Enquanto buscava as chaves de ignição nos bolsos dela, voltou a insistir no aumento do número de inimigos. Para ele, uma em especial, a girar os braços, só podia ser a Roberta.

Conferiu a suspeita, naquela penumbra, não dava para ter certeza de nada.

Enfim, as chaves tilintaram entre os dedos do companheiro. Agora a prioridade era colocá-la no banco traseiro e fugir. Deu-se conta que tal manobra naquele carrinho apertado demoraria muito.

Foi quando o cretino sugeriu o absurdo:

— Cara, e se a colocássemos na carretinha?

O sangue ferveu. Ia protestar, contudo, caiu em si: não havia tempo para discussões. Voltou a conferir a posição dos possíveis inimigos. Eles desciam pelo corredor de cima. Com melhor nitidez, conseguiu identificar a Cacá, o Bruno, o Paulão e a Roberta. Quanto aos outros, desconhecidos.

O mega problema: em segundos, virariam a esquina próxima. Sem saída, topou o absurdo. De troncos curvados, caminharam ligeiro. Aí, surgiu outra dificuldade: a porta traseira da carretinha emperrou. Os dois fizeram força, nem se mexeu. De estalo, chutou a maldita e ela cedeu. Depositaram Mikaela no assoalho e fecharam bem a porta. O coração queimava de pena.

Entretanto, já dava para ouvir as passadas dos carrascos nas proximidades.

Voltaram para o Jimi Hendrix em disparada.

– Cacilda! Dobrarão a esquina a qualquer momento. – O motorista de araque sussurrou enquanto assumia o volante.

Léo fechou a porta devagar.

Tilintar de chaves.

Acendeu a luz interna para entender o caso. Tamanha a tremedeira, Gazeta não conseguia ligar o motor. Tomou as chaves e enfiou-as no contato da ignição:

– Vamos, rápido!

Jogou a câmera fotográfica no banco traseiro e vigou o entorno. Para a sorte dos dois, Cacá parecia patinar à procura do alvo, pois passou direto pela esquina, talvez, por causa da quantidade de carros modernos, na maioria prateados e modelos semelhantes... Tais detalhes complicavam as referências de localização. Ainda bem.

Lembrou o motorista da necessidade de calçar a caixa de fusíveis.

– Já fiz isso, véio. Melhor rezar para o motor do carango pegar de primeira. Se não...

Cruzou os dedos. Num piscar de olhos, repensou na loucura de colocá-la no baú. Que outro remédio? Ou aquilo ou os três amanheceriam jogados em algum lixão, igual à menina morena do jornal, sósia da Solange.

– Qual foi? Vamos embora!

– Véio, e se o Jimi Hendrix, ao invés de funcionar, só fizer barulho... Você tem um plano B, né? Diga que sim!

– Eis o meu plano: gire a chave no contato, agora!

O sujeitinho pendeu o tronco de lado:

– Cacilda! A chave emperrou! Porcaria de carro! Quero minha mãe!

Os inimigos retornavam. Na penumbra, bem provável, a silhueta da Cacá parada na esquina. Chegariam em segundos.

– Cara, tire-a e inverta a posição. Rápido! Pelo amor de Deus!

Gazetinha tremia fora de controle.

Léo tomou as chaves de novo, virou-a e girou no contato da ignição. A tragédia anunciada se confirmou: Jimi Hendrix pigarreou, nhem, nhem, nhem, nhem... Bum! As malvadas luzinhas coloridas se acenderam no painel.

– Acabou! Ferrou geral! – O motorista esmurrou o volante.

Se não bastasse, o maldito rádio se ligou sozinho e a música *Miss You* inundou o estacionamento no volume máximo. Ou seja, o imprestável Jimi Hendrix, além de não funcionar, dedurou a localização exata para os inimigos.

Tentou abaixar o volume, o botão caiu no assoalho. Voltou a espiar o exterior pelo canto do para-brisa. Os inimigos cresciam na penumbra. Haviam sido descobertos.

A porcaria da música aumentava e diminuía de volume ao bel prazer do aparelho. Esmurrou o rádio uma porção de vezes.

— Cale-se! Cale-se!

Por algum motivo misterioso, a porcaria parou de funcionar.

Gazetinha girou no assento, estatelou os olhos antes de gritar:

— Vamos correr para a portaria, véio!

— Não largarei ela aqui. Trave a sua porta!

— Ficar? Destruirão o Jimi Hendrix, com a gente dentro. Eles são animais! Vamos fugir!

— Ficarei ao lado dela!

— Louco!

— Fuja, seu fracote! Suma da minha frente! Desapareça!

Sombras monstruosas se refletiram nos vidros.

Gazetinha travou a fechadura de seu lado.

Léo cerrou os maxilares.

Posicionados em círculo, os inimigos gritaram quase em coro:

— Pegamos eles!

Além do Bruno, do Paulão, havia três rapazes cabeludos e outro careca desconhecido. As duas megeras chegaram em seguida. Alguns dos rapazes se municiavam de pedaços de paus, decerto, coletados na tal caçamba de lixo. Se se entregassem, apanhariam demais; se ficassem, apanhariam do mesmo jeito; nas duas situações, bem provável, até a morte. E o temperamental fusquinha falhou no pior momento... Até a porcaria do rádio os traiu. Bruta falta de sorte ao quadrado. As pernas saltitavam, lágrimas escorriam. Alguém forçou a maçaneta do seu lado, um rapaz cabeludo fez o mesmo do outro. Jimi Hendrix resistiu à primeira investida bravamente. Na segunda, balançaram a carroceria. O companheiro medroso voltou a gritar igual criança birrenta. Mesmo no sacolejo, abaixado, Léo alcançou as chaves na ignição, ou o braço se esticou sozinho por puro instinto de sobrevivência.

Nunca soube...

01:31:04

Jimi Hendrix sacolejava à mercê dos poderosos músculos dos delinquentes a ponto de tombar. E ainda recebia pisadas na frente e nas laterais. Após alguns eternos segundos, o sacolejo diminuiu, mas, o ataque não abrandou, um vulto subiu pelo capô e passou a pular sobre o teto. Então, vieram os aterrorizantes estalos metálicos e barulho de lata retorcida.

— Véio, morreremos esmagados!

Com o outro braço, Léo conseguiu apertar o pedal do acelerador, de imediato, girou a chave no contato. Por milagre, o motor de Jimi Hendrix funcionou de primeira. Gritou a plenos pulmões para Gazeta tirá-los dali, enquanto retornava o corpo para o assento.

O fusca arrancou forte.

— Cara, só pare na porta de casa. Se nos alcançarem, será o nosso fim!

O covarde amassador de tetos caiu na poeira.

Os demais pularam de lado.

O carro se retorceu no piso de cascalho e esparramou uma chuva de pedras. Ao dobrar a esquina do bloco, escapuliu de traseira... Estrondos, guinchos metálicos, barulho de vidro estilhaçado... A carretinha se chocou contra a lateral de um *sedan*.

Por instinto, Léo protegeu a cabeça.

O piloto de fuga de primeira viagem o encarou por meio segundo.

— Acelera. Só presta atenção, a Mikaela deve tá feito pipoca lá atrás! Coitada!

Léo puxou um botão branco, acima do rádio e o corredor de cascalho formado pelos carros estacionados se iluminou.

Vigiou a retaguarda. Se ela acordasse, desmaiaria de novo? Ou morreria pra valer?

— É impressão minha ou o teto afundou? — Gazeta desviou da direção de novo para espiar o estrago.

— Só um pouquinho. Foca no volante, seu doido!

Na verdade, o teto virara uma canoa. Eis a prova de mais um crime daqueles miseráveis: a destruição do outro fusquinha azul.

A tia não iria gostar nada daquilo. Ao todo, o Jimi Hendrix arranhou as laterais, afundou o teto, perdeu o limpador de para-brisa... Ai! Não sobrou quase nada.

Em volta, nenhum movimento suspeito.

De repente, o carro travou as rodas no cascalho.

Léo colou a cara no para-brisa.

O barbeiro justificou a freada por causa do cruzamento.

Conclusão: o motorista não impunha segurança. Que noite terrível aquela.

Voltaram a se movimentar e a rodovia tornou-se visível.

Suspirou. Apesar dos pesares, venciam a pior parte.

Gazeta reclamou dos comandos duros.

— Pare de choramingar. Se não fosse o Jimi Hendrix, já estaríamos mortos. Amanhã, os metaleiros psicóticos tomariam leite queimado no nosso velório. Ou grilos cantariam em nossas caveiras abandonadas em algum fim de mundo.

Nesse pé, o fusca atingiu o asfalto e a viagem ficou confortável.

Avaliou conseguir dirigir melhor que o amigo, graças às aulas do pai. Para frente, todos os santos ajudariam. O problema seriam as manobras.

Já a rodovia continuava tranquila. Contudo, não dava para saber se os perseguidores viajavam num dos outros carros.

Apagou a luz interna para melhorar a visibilidade do exterior. Voltou a pensar na tia. Imagina se acordasse dentro daquela carroceria fechada com jeito de caixão de defunto. Bem provável, morresse de verdade. Preocupado, pediu uma parada.

—Véio, se pararmos no meio do nada, a Roberta nos garfará sem piedade...

O estômago borbulhou só de pensar na cena. O jeito foi rezar para ela ter um sono pesado. De novo, a dúvida se Deus ajudaria garotos desobedientes... Cacilda!

De quando em quando, vigiava a retaguarda.

O Jimi Hendrix roncava raivoso, todavia, não parecia correr tanto. Impossível medir a velocidade, o marcador não funcionava.

À frente, conferiu o relógio: restava menos de uma hora para o fim da liberdade inútil. Se conseguissem manter o ritmo, talvez chegassem dentro do prazo.

O motorista roda dura sussurrou:

— Ei! Pintou um drama bem dramático!

Léo fez cara feia. Conferiu o medidor de combustível ou se as malditas luzinhas coloridas brilhavam no painel. O zumbido do motor parecia normal. Cadê o drama? Talvez o problema estivesse naquela construção horrível de frase.

— Véio! A natureza me chama! Preciso usar o banheiro urgente!

Puxa! E para piorar, os seus intestinos também passaram a suplicar o sanitário. Decerto, por causa do estresse da fuga.

— Paramos no acostamento?

— Tá louco, cara! E a demônia?

Agora os dois gemiam.

Entraram num posto de combustíveis cheio de caminhões. O lugar mal iluminado e malcuidado provocava arrepios. O restaurante, igualmente sinistro, cenário de filme de terror. Ou a tensão provocava tal efeito em seu cérebro?

Gazetinha correu na direção da placa carcomida, onde se lia: sanitários.

Léo desceu a segurar a barriga. Reparou por meio segundo o teto afundado, as laterais arranhadas, os paralamas amassados. Coitado do Jimi Hendrix!

Antes de seguir atrás do amigo de cabelos vermelhos, foi verificar a situação da passageira no interior do baú. Destravou a porta: ela dormia o sono dos anjos. Conferiu em volta, nenhuma alma viva.

O conteúdo das tripas voltou a borbulhar. Fez a promessa mental de voltar em instantes para acomodá-la no banco traseiro. Apenas encostou a porta, sem fazer o mínimo barulho e correu para socorrer os intestinos.

Passado um minuto ou dois, encontrou o companheiro do lado de fora, de cara molhada.

Fez graça:

— Isso é hora de tomar banho?

O carinha justificou o peso do sono para a água fria jogada no rosto. Na sequência, apontou o restaurante e ofereceu uma tentadora xícara de café expresso.

Aceitaria a oferta se antes acomodassem a tia no Jimi.

— Como ela está?

— Dorme feito um bebê.

— Beleza! Já que não carece tanta pressa. Vamos tomar o cafezinho, depois, cuidaremos da moribunda. Relaxa. Aqui tem muita gente. A Roberta não nos atacará. — Elevou as narinas e deu um passo na direção do tal restaurante.

Conferiu em volta. Baita papo furado. Se no *show* lotado, ela quase começou a festinha mega ultra *punk*... Ali, faria um baile.

– Tô de vestido. Furtaram as minhas calças durante a fuga, esqueceu?

– Qual o problema?

– Os tiozões irão rir de mim lá dentro.

– O pior você já vez. Entrou no banheiro masculino de saia. Não reparou os semblantes de riso daqueles dois brutos lá dentro...

Voltou a conferir a túnica. Se pelo menos fosse bonita. No corre-corre, nem se deu conta dos trajes. Parecia ter acabado de desfilar na banda mole do Carnaval...

Gazetinha voltou a andar.

Marchou atrás dele.

No caminho, reparou os caminhões parados no pátio, cobertos de sereno. O local lhe pareceu mais esquisito. No interior do tal restaurante, pouquíssimas pessoas nas mesas. Bom ou mal? Franziu o nariz.

Já sentado à beira do balcão, Gazetinha acenou para o atendente o pedido.

O traje feminino o incomodava. Só não foi embora porque o corpo cansado implorava por cafeína. Deixou os ombros caírem, para sussurrar a pergunta:

– E se a Roberta aparecer?

Gazetinha o indagou se, no lugar dela, bisbilhotaria todas as bibocas da beira da estrada...

Murchou os lábios. Não é que ele tinha razão. Por outro lado, com certeza, os inimigos armariam a tocaia na porta de sua casa, a maldita Cacá sabia tudo sobre ele.

E o dia já ia amanhecer.

Estremeceu só de lembrar-se do cronômetro. Veio à mente a cena da leoa-mãe procurando por ele no quarto, pela casa toda. Os pedaços do porquinho pelo piso... Logo ligaria o frenesi dele pelo *show*. Aí, entraria em erupção.

Imaginou a tragédia pior: do lado de fora da casa, a tocaia da turma da Roberta. Aí, ele chega e a leoa-mãe aparece no portão. Ocorreria a guerra total! Correu a mãos pelo rosto.

Gazetinha prometeu usar o sagrado troco dos óculos para pagar a conta.

Léo conferiu se os tais óculos escuros vagabundos continuavam presos aos cabelos. Sentou-se no tamborete alto. Apenas tomou o cuidado de manter distância segura do companheiro. Afinal, naquela noite maluca, de bruta má sorte, faltava sofrerem um ataque homofóbico.

Nisso, chegaram duas xícaras fumegantes. Tomou o líquido quente sem fazer intervalo. Bebida dos deuses! Ao fim, expirou e respirou fundo... Parecia outra pessoa.

Quando pôs sentido no amigo enferrujado, levou o maior susto: ele se transformara numa estátua pálida de sal. Primeiro, pensou na hipótese de o estabanado ter queimado a boca, aí desconfiou de algo grave, tipo a Roberta, a poucos metros, do outro lado da lanchonete. Porém, nenhum barulho de carro, nem de passos... As pálpebras começaram a pulsar.

Girou o corpo no assento: os mesmos clientes sonolentos seguiam nas mesas próximas; na TV, ao fundo, exibia cenas em preto e branco de algum filme antigo; grilos cantavam no jardim; a refresqueira transparente zoava... Não entendeu nada.

O maluco gaguejou, numa voz cavernosa:

– Ca-cacilda! Ro-roubaram a Dona Mika!

Levantou para avaliar melhor a notícia *punk*. Jimi Hendrix continuava no mesmo lugar. Já a carretinha se afastava atrelada a um carro branco. Quando coisas absurdas aconteciam, o cérebro sempre demorava pra entender. Se não bastasse, o dele preferiu processar a explicação devida ao pai para o sumiço da irmã... Gazetinha o acordou-o do transe. Num segundo, passou a pensar numa hipótese racional: o furto talvez não tivesse o envolvimento da Roberta, do contrário teriam chegado à surdina, pois primeiro desejavam recuperar o celular comprometedor. Por fim, não dispensariam a oportunidade de *queimar* os arquivos. O problema resultante: precisava salvá-la. O amigo balbuciou algo sobre chamar a polícia. Não lhe deu ouvidos. Desceu do tamborete, ergueu a saia do vestido mequetrefe e correu sem plano, sem palpite. Apenas correu. Lágrimas embaçavam a visão.

Tia! Tia!

01:22:00

Circulou o Jimi Hendrix igual barata tonta. Localizou o Gazeta ao telefone público, ainda na varanda do restaurante. Com certeza, ligava para a emergência. Apertou os maxilares. A polícia demoraria muito a chegar naquele fim de mundo. Acenou para o amigo.

O teimoso gesticulou para aguardar.

Caraca! Foi quando reparou a chave esquecida no contato. Resolveu o óbvio: consertaria a trapalhada sozinho, na base do tudo ou nada. Assumiu o volante, bateu a porta, ligou o motor. Lembrou-se das aulas de direção: acionou o pedal de embreagem até o fundo, engatou a primeira marcha, acelerou, baixou o freio de mão, soltou o pedal de embreagem devagar, o carro começou a se mover tremulante. Noutra situação, sorriria de orgulho.

Pelo retrovisor do teto, um Gazeta pálido, boquiaberto, abandonava o telefone público. Em vez de acenar adeus, gritou pela janela para ele chamar a polícia! Engatou segunda marcha e acelerou, ao apelo da emoção.

Só que dirigir pela primeira vez sem as broncas do pai de carona, não lhe pareceu tão simples.

Já pequenino no reflexo, o amigo ruivo pulou o gradil da varanda do restaurante, correu atrás do Jimi até as bombas de combustível. Dos lábios pareciam escapulir palavrões medonhos.

Carinha, desculpa. Foi incrível viver essa aventura juntos. Agora, cabe a você chamar cavalaria, precisarei muito da ajuda dela. Desviou dos caminhões estacionados no pátio. Acendeu os faróis para iluminar a penumbra daquele frio fim de madrugada.

Nos primeiros momentos, foi complicado trocar as marchas, a perna direita tremia bastante e atrapalhava o sincronismo pedal de embreagem/alavanca de câmbio. Por causa disso, o Jimi Hendrix dançou na pista algumas vezes. Os comandos do carrinho eram bem diferentes do *Poçante*, a simpática lata velha do pai. Apesar das dificuldades, restava-lhe a obrigação de salvá-la.

Após aquele furto inimaginável, qual a importância de chegar em casa antes ou após o cronometro zerar?

Elevou os faróis. Ao longe, avistou a carretinha, atrelada à traseira do carro.

Acelerou e conseguiu chegar perto. O detalhe estranho: os ladrões não corriam tanto... Tentou entender e não vislumbrou uma explicação lógica.

O clarão do novo dia despontava à direita. Ou seja, logo, logo, podia contar com o castigo garantido.

Afivelou o cinto de segurança, cerrou os dentes, tentou acelerar mais. Jimi Hendrix roncou forte, no entanto, nenhum aumento de velocidade perceptível. Amaldiçoou o velocímetro estragado.

O carro dos ladrões sempre sumia na curva seguinte, contudo, não se distanciava.

Troço estranho...

Aplicou todo o peso do desespero sobre o pedal do acelerador. Não adiantou nada. O velho fusquinha já não vivia mesmo seus dias de glória.

– Vamos amigão! Seja rápido! Você consegue! – Acariciou o volante. Enxugou o suor frio da testa. Pelo retrovisor, percebeu outro carro na curva anterior, numa atitude bastante suspeita, além de dançar na pista, piscava os faróis.

Gazetinha? O sujeitinho teria coragem de cometer um furto?

Podia ser a polícia? Bom, cadê as luzes piscantes no teto? Cadê a sirene? Não! Não era!

O estômago borbulhou forte só de imaginar a terceira alternativa azulada. Sem afrouxar o pé, entrou numa curva à esquerda e experimentou a absurda falta de estabilidade do Jimi. Por pouco, não saiu da pista.

Com o susto, o corpo inteiro tremia.

Voltou a atenção para a estrada de duas faixas em cada sentido, separadas por uma vala central. Seguia numa subida mansa.

Jimi Hendrix pediu força. Reduziu a marcha e a velocidade caiu. Os ladrões voltaram a ficar visíveis. Aqueles eram os criminosos mais tranquilos do mundo.

Nesse meio tempo, o carro de faróis lampejantes desaparecera do retrovisor.

Onde teria se enfiado?

Respirou fundo, conferiu o entorno.

Jimi Hendrix dançou sobre a faixa.

Nisso, o tal carro misterioso ressurgiu à esquerda em vez de ultrapassar, se emparelhou.

Prendeu o fôlego ao reconhecer os ocupantes: Roberta, Cacá, Bruno e Paulão. O careca desconhecido dirigia. Quase todos lhe acenavam para encostar.

Passou a respirar rápido. Apesar de forçar o pedal do acelerador, Jimi fazia corpo mole. Pelo jeito, morreria jovem, num acidente automobilístico.

Para sair da linha de ataque, pisou forte no freio. Porém, os perseguidores também fritaram os pneus. Acelerou de novo. O fusca parecia exausto. Esmurrou o volante.

Droga! O seu maior erro foi aceitar a ideia idiota de coloca-la naquela carretinha-baú. Para completar, tomou a decisão estúpida de perseguir os ladrões, agora lutava sozinho contra cinco. Deveria ter esperado o Gazeta, melhor, deveria ter esperado a polícia. Aliás, nem deveria ter saído de casa.

Fez a promessa mental: se escapasse daquele suplício, obedeceria a leoa-mãe pelo resto da vida. Os pais são mais velhos, mais vividos, eles sabem das coisas. Ser adolescente é ser idiota.

O carro perseguidor tornava a se aproximar pela lateral.

Paulão gesticulava afoito.

Roberta gritava:

– Encoste! Encoste!

Do banco traseiro, o grito repetitivo da Cacá parecia outro:

– Pare, seu louco!

O motorista insistia na manobra furtiva de se chocar contra a lateral do Jimi Hendrix, mas, se afastava no último segundo.

Para se defender, Léo virava o volante para o acostamento. Às vezes, só escorregava o corpo no assento, às vezes, gritava:

– Deixem-me paz! Sumam!

Ao longe, próximo a uma alça de retorno, avistou o carro dos ladrões parado num descampado. Fazia o quê? Usou o dorso das mãos para enxugar a testa. Se atingisse o objetivo, talvez suplicasse pela vida da tia... Ou apenas chorasse...

Aí, o carro dos carecas aumentou o nível de agressividade.

Para evitar o choque, golpeou o volante para a direita...

– Deus do Céu! – Esticou os fonemas e arregalou os olhos a ponto deles escapulirem do rosto. Pisou no freio. Aí, veio aquela sensação horrível do carro parecer acelerar, passou direto sobre o acostamento e mergulhou descontrolado num piso de terra solta. Estalos, guinchos, solavancos, pulos, as portas se abriram... O motor apagou.

A poeira densa pairava em volta, as famigeradas luzinhas coloridas brilharam no painel, as portas balançavam ao sabor do vento.

Caraca! Tossiu. Espirrou.

Barulho de portas de carro.

Desejou fosse um pesadelo. Desejo tolo.

A nuvem de poeira continuava densa.

O cérebro processava o mundo externo em câmera lenta. Tentou a partida. O motor apenas pigarreou. E para variar, do nada, o rádio passou a tocar a música *Paint it Black* no volume médio.

Tentou desligá-lo, aí se lembrou do imprestável botão liga/desliga caído no assoalho.

Esmurrou o volante. Não se sentia bem.

Na penumbra da aurora, enquanto o vento arrastava a poeira devagar, o carro branco e a carretinha revelavam-se próximos. Escorado nele, três rapazes cabeludos, de *jeans* e camisetas claras, sorriam ou riam?

Podiam ser tudo, menos bandidos.

Passada a poeira, pôde reconhecer detalhes intrigantes: um dos possíveis ladrões dispunha de câmera fotográfica digital bem moderna e grande; outro, segurava a haste do refletor; o terceiro, outra haste ainda maior, articulada, com uma espuma comprida na ponta. Uma equipe de filmagem? Para quê?

Gritos do lado de fora.

Conferiu todas as direções.

Os perseguidores se aproximavam a pé...

Ainda zonzo, tentou correr em disparada. De nada adiantou, os delinquentes o cercaram.

Eis a situação: atrás de si, o Jimi Hendrix de faróis acesos, o som ligado; à frente, o carro branco; aquém do acostamento, o carro da turma da Roberta.

O ritmo da respiração acelerou. Outra vez, sem saída, numa maldita sinuca. Os três rapazes cabeludos se aproximaram.

– Perdeu, *playboy*! – O grito de Paulão resumiu a tragédia.

Arrepiou o corpo inteiro. Acreditava, enfim, entender tudo. Os cabeludos não eram ladrões, apenas lançaram a isca, eis o motivo para não fugirem em alta velocidade. Simples, queriam afastá-lo das testemunhas do posto de combustíveis. Caíra numa cilada. Agora, bem provável, viveria o papel do personagem espancado até a morte. Igual à menina morena do jornal. Talvez, filmar o último suspiro agonizante da vítima fosse o verdadeiro *hobby* macabro daquela turma de desmiolados. Ou cultuavam alguma seita satânica... Por isso, a caveira no celular, nos brincos... Preparou-se para suportar os murros iniciais. Por Deus, existiria jeito de diminuir a dor de uma surra? Sem rota de fuga, sozinho, sem opções... Resolveu se posicionar para resistir ao irresistível. Afinal, só lhe restava recorrer à estupidez completa...

00:53:49

Elevou os punhos, girou o corpo e rosnou. Contudo, o rosnado imitou o de um leãozinho acuado, pois os inimigos riram de segurar as barrigas. Para piorar, apertaram o cerco.

A tal equipe de filmagem se posicionou atrás dos delinquentes, com certeza, registrariam em vídeo a covardia absurda por vir.

Flexionou o tronco. Por cima do tecido da túnica, apoiou as mãos nos joelhos ao estilo de armador de futebol americano e mirou Cacá, por onde tentaria furar o cerco. A esperança: talvez a ex-amiga facilitasse a fuga num lampejo de misericórdia.

Droga! A única estratégia de sobrevivência dependia do acaso.

Na tentativa de ganhar tempo para chegada de ajuda, negou a entrega do celular e ainda blefou:

— No lugar de vocês, aproveitava o retorno da Bola Branca aqui em frente, para dar o fora, a polícia está a caminho!

As risadas foram desconcertantes.

Qual é? Não tinham medo da polícia? Reconheceu-se idiota. O suor frio encharcou as roupas.

Bruno balbuciou algo sobre o vestidinho e se gabou:

— Nunca fugimos de nada, seu trouxa!

Paulão interpretava um toureiro espanhol, no lugar do manto vermelho, exibia certa calça *jeans* imunda.

Risos em cima de risos.

Reconheceu a peça sacrificada na última fuga.

Cacá tomou a palavra. Parecia aflita.

— Leozinho, raciocine, para tudo há explicação. O filme gravado no celular não é o que parece...

— Sempre te considerei amiga de verdade. E faz isso!

– Pode confiar em mim!

Ao contrário de ouvir a explicação, argumentou sobre a menina morena encontrada sem vida no lixão, cuja foto constava na primeira página do jornal da cidade. Acusou-a de ter participado da surra mortal e da traição de guiar aqueles cretinos até o Jimi Hendrix!

– Quer me ajudar assim? Vai saber desde quando gosta dessas tais festinhas mega ultra *punk*...

Cacá jurou inocência e reafirmou que o vídeo sinistro do celular não passava de um mal-entendido. No fim, quase gritou:

– Produzimos cinema realista!

Quase todos do grupo acenaram as cabeças, concordes.

Bruno apontou os amigos:

– Somos artistas, caras! Produtores do mercado criativo!

Léo alegou nunca ouvir falar desse tipo de filme.

Segundo Cacá, produziam curtas metragens, de baixo orçamento. Para driblar a concorrência, produziam cenas onde só parte do elenco conhecia o roteiro. Os demais participantes eram pessoas comuns, escolhidas ao acaso, das quais exploravam as reações verdadeiras de humor, reflexo, susto, irracionalidade, dor... Tipo as pegadinhas da TV, porém, impactantes e dramáticas. Para tanto, forjavam assaltos, explosões, batidas de carros, incêndios... Na maioria das vezes, os resultados ficavam sensacionais.

Quanta crueldade.

Num tom sarcástico, Paulão reconheceu ter atuado na recente filmagem, onde mandaram pro ferro velho um fusquinha azul enfeitado de flores pintadas... Pena que errou o alvo.

A suspeita sobre quem teria destruído o carro se confirmava.

O cinegrafista apontou o Jimi Hendrix e balbuciou algo sobre a tal filmagem ter ficado ótima. Restava tratar a edição, botar fundo musical...

O estômago doeu.

Bruno impôs a voz alucinada. Chamou o *Rolling Stones* de palhaços do sistema. Para ele, vivíamos numa *Matrix* onde o povo trabalhava feito burros de carga para sustentar as mordomias dos ricaços. Quanto aos pobres, ou eram massa de manobra política ou de conforto. A escravidão só havia mudado de nome.

Passou a respirar rápido, o discurso maluco fazia algum sentido. De estalo, soltou a pergunta:

– Espere aí! O atropelamento foi cena de filme?

Roberta acusou Mikaela de ser barbeira.

Em vez de responder, enfeixou as veias do pescoço.

Nisso, a demônia defendeu a versão deles para o filme do celular: o roteiro original previa um bate-boca após um esbarrão acidental, ao estilo comédia pastelão. Entretanto, saída sabe-se lá de onde, a morena a atacou por trás. Por instinto, reagiu.

— Aí, a merda aconteceu...

— Bateram na coitada até a morte! Navalhada, hein!

Roberta rosnou.

Paulão cerrou os punhos antes de balbuciar baixinho:

— O fim da cena foi duplamente trágico.

Parou de respirar ao deduzir os assassinatos da loira e da morena.

Inquietação no grupo.

Paulão levou bronca da Roberta.

Cacá acrescentou o detalhe: roteiros feitos apenas para parte do elenco costumavam fugir ao controle. Aliás, esta era a essência do gênero realista.

— Quem assistiria a essas porcarias?

Os delinquentes se inquietaram.

Léo tapou a boca ao perceber a provocação desnecessária. Bruno protestou.

O careca desconhecido disse:

— O idiota é um bitolado!

Cacá correu as pontas dos dedos pelo rosto.

Paulão socou as mãos.

Bruno o acusou de pelego do sistema!

Cacá defendeu o grupo. Eles não faziam porcarias. Inclusive, participavam de circuitos fechados, campeonatos e encontros na *deep web*... Tudo em nome da sétima arte.

— Duas garotas morreram de verdade! Isso não é arte!

Cacá franziu o nariz e sussurrou:

— Não piore as coisas!

Paulão apontou os braços para Léo e exibiu a cara de espanto para os demais companheiros.

— Se não fosse essa válvula de escape, estaríamos todos dominados pela *Matrix*. Somos heróis da resistência, Cara! — Bruno impôs um tom de autoridade.

A vista vacilou.

Não eram loucos. Apenas acreditavam naquele modo de pensar. Eis o grande problema: naquela linha de pensamento, devia ser eliminado.

Cacá argumentou não terem matado ninguém. A garota morena bateu a cabeça no meio-fio. A fatalidade ficou clara no vídeo.

Paulão ajuntou o comentário:

— Foi *punk*! Foi sem querer!

Sem se aguentar calado, Léo gaguejou:

— Quanto à loira?

Os membros do círculo se alvoroçaram.

Cacá ficou de cócoras, agarrou os cabelos:

— Ei! Não complica. Entregue o celular e tudo ficará bem. Léo voltou a ciscar a terra solta. As pernas tremiam.

Aquela turma o tinha por trouxa. Não cumpririam acordo algum. Espiou a estrada. Cadê a polícia?

Cacá deu bronca:

— Carinha, pelo amor de Deus! Quer morrer? É isso?

Os lábios tremularam.

Roberta falou de um tal risco calculado. Das mortes terem sido acidentais. Contudo, precisavam filmar, produzir... A plateia paga para flutuar na dúvida: real ou ficção? Davam isso a eles!

— Isso não é nada bacana! Pelo contrário, é loucura!

Bruno murmurou sobre o risco de a *Matrix* aparecer.

O grupo bagunçou de vez a formação do círculo em torno da vítima. Suspirou. A tremura das pernas diminuiu.

O iluminador argumentou a qualidade do trabalho, pois, tiraram o segundo lugar no último campeonato da *internet*. Agora, buscavam a primeira colocação.

— Pessoas comuns não entendem a nossa arte. Não adianta. Por isso, queremos o celular de volta e ouvir a sua promessa de enterrar essa história para sempre. Aproveite a colher de chá. — Cacá gesticulou bastante para valorizar a fala.

— Não queremos mais mortes. — A demônia acrescentou.

— Nem o envolvimento da polícia no caso. — Paulão foi professoral quanto às consequências ao deslizar o dedo indicador no próprio pescoço.

No mesmo tom sombrio de antes, Bruno acusou os políticos, a polícia, os delegados, os juízes, de manipuladores do povo. Zelavam pela *Matrix*, pelo mecanismo. Sem sombra de dúvida, o mais maluco do grupo.

Léo entendeu poder enrolar um pouco até a chegada da ajuda:

— Tá! Tá! Se não fizer nada disso?

Cacá sapateou:

— Não seja burro. Foi custoso negociar essa saída honrosa. — Roberta repisou o cascalho.

Para ele, nenhum acordo seria cumprido. Polícia, chegue logo, por favor.

Os dedos se tornaram oleosos.

Roberta gritou:

— Caso desdenhe a oferta, será o vilão do novo curta metragem: *A Vingança do Clube dos Cinco*! O filme mais impactante de todos, a nossa obra prima! — Mirou a carretinha sem discrição.

Entendeu recado sublimar. A tia também seria eliminada.

Paulão sorriu sinistro.

Bruno, Roberta e o careca desconhecido vibravam os braços. Cacá massageou a testa, por fim, tapou o nariz, a boca.

Não honrariam qualquer promessa. Não honrariam... Vigiou de novo a rodovia em busca do socorro.

Nada.

A demora da polícia não podia ser normal. Tentou ganhar tempo:

— Não encobrirei vocês. Nunca!

Todos olharam para a chefona.

Firmou as mãos nos joelhos, pronto para tentar abrir a brecha de fuga em cima da ex-amiga.

Esta, bateu os punhos contra a cabeça e o fitou com semblante de preocupação.

Ainda não acreditava na sinceridade dela. Afinal, se autoproclamavam artistas, portanto, acostumados a interpretar papéis. Logo, para ele, a Cacá mentia...

Talvez, a câmera estivesse ligada desde sempre...

Caiu em si: vivia a mais louca noite de todas. Quem sabe, a última.

Roberta elevou o braço.

A tal equipe de filmagem reposicionou os equipamentos. O refletor, ligado. A haste do microfone, erguida.

Agora sim, estrelaria o próprio fim. Engoliu seco.

Paulão bateu palmas.

A demônia abriu os braços e gritou:

— Atenção, câmera, luzes, ação!

Em posição de defesa. Diante do futuro incerto, Léo se apegava a algumas certezas: não podia entregar o celular de jeito nenhum; Mika corria perigo declarado; sobraria para o Gazeta também; se fosse para apanhar ou morrer, aquilo aconteceria de qualquer jeito. Queria tanto sair daquela encrenca, livre, vivo, inteiro, para poder abraçar o pai, a leoa-mãe, a Sol. Sem essa de morrer jovem.

Mirou Cacá.

Passaria por cima dela ou morreria na tentativa...

00:30:00

De estalo, pensou fora da caixinha da seguinte forma: para fazer os tais filmes insanos, os delinquentes dependiam da reação verdadeira da vítima, sem isso, trabalho perdido. Portanto, ao invés de lutar, seguiria o roteiro muito louco surgido há pouco na mente. Talvez ganhasse minutos preciosos para a chegada da polícia. Para tanto, usaria as mesmas armas do inimigo: exploraria o cômico, a ironia, o reflexo, a fúria, o susto... Sorriu de nervoso. Ou isso, ou... a surra mortífera.

O círculo se apertou. A pancadaria iria começar em instantes.

Elevou os braços para interpretar a primeira cena. Sacou o celular vermelho do bolso esquerdo da blusa e o jogou para Roberta.

Esta, examinou o aparelho, tentou ligá-lo e fez cara feia:

— Essa droga tá sem bateria!

Claro! A carga dos dois telefones idênticos havia acabado. O dela, logo após a última conversa.

Roberta girou o celular entre os dedos e encarou-o de rabo de olho.

Léo pressionou os lábios para esconder certa alegria, enquanto prestava atenção no desenrolar dos acontecimentos.

— Agora podemos liberá-lo? — Cacá lançou a pergunta esperada. Pelo jeito havia mesmo um acordo no grupo.

Segurou o fôlego, já imaginava a resposta negativa.

— De jeito nenhum! Nunca! — A chefe sentenciou.

Tornou a esconder a satisfação pois o seu roteiro seguir quase à risca. Fazer filmes realistas era viciante.

Cacá inquietou-se.

Ia dizer algo, mas a Roberta falou antes:

— Não ficarei à mercê desse nanico!

A ex-amiga abriu os braços em protesto.

Boba! Devia saber. Gente daquela laia nunca cumpre os acordos.

— Olhem bem para essa cara de sonso. Entregará a gente para a polícia ao virarmos as costas. É minha responsabilidade proteger a *Caveira Filmes*. O vídeo no meu celular expôs todo mundo. É urgente abafar qualquer vazamento.

Léo protestou por protestar:

— Ei! Cumpri a minha parte! Entreguei o telefone!

— Quem me garante que não transmitiu o filme na rede ou depositou cópia numa nuvem? — A diaba não era burra.

Os demais acenaram concordes.

Cacá o encarou.

Léo engoliu seco, não esperava por aquela pergunta.

Paulão sugeriu queimarem logo a testemunha.

Diante do possível desastre, resolveu pular parte do script. Aí, falou bem alto, enquanto apalpava o volume de outro telefone no bolso direito da blusa:

— Gente! Antes de descer do carro, coloquei meu celular para transmitir a nossa conversa ao vivo por uma rede social...

— Mentira! Mentira! — Roberta rebateu aos gritos.

Chamou a atenção para o detalhe de ter mencionado a *bola branca* minutos atrás. Referia-se ao afloramento rochoso em forma de uma bola gigante de uns três metros de diâmetro, apelido da alça de retorno próxima, bem em frente de onde se encontravam. Ou seja, informara a sua localização exata, pois o local era bem conhecido. Muita gente ouviu e, pelo teor da conversa, inclusive, já deviam ter avisado polícia.

— Ele falou isso mesmo? Falou? — Paulão procurou a ajuda nos companheiros.

Bruno confirmou.

Léo enforcou a alegria. A sorte lhe sorria.

Houve uma mudança visível nos ânimos dos agressores. Entreolhavam-se.

Num semblante, de aparente orgulho, Cacá murmurou algo, do tipo: garoto *danado de inteligente!*

Seguiu para a próxima fala:

— Aliás, por coincidência, a Camila faz parte desse grupo virtual, portanto, poderá confirmar a minha história. — Travou os lábios para estrangular outro sorriso, pois a bateria do telefone da traidora acabou quando do primeiro desmaio da tia.

A chefe rosnou enquanto olhava para a companheira, numa nítida busca de confirmação. Esta, por sua vez, exibiu a tela apagada do aparelho.

À risca do roteiro, deitou no cascalho, de barriga para cima. Torceu para os delinquentes morderem a isca.

Eles se entreolharam de novo.

Anunciou a intenção de permanecer caído, rendido. Se fossem agredi-lo, fariam na absoluta covardia. Quem sabe os usuários da rodovia achassem o fato estranho e chamassem a polícia. Frisou que o telefone continuava a transmitir. Mirou cada rosto para medir o sucesso do blefe.

Melhor, impossível: o cinegrafista baixou a câmera, o iluminador desligou a lâmpada, o operador do microfone recolheu o equipamento; os carecas, inquietos.

Cacá parecia atônita.

A equipe de filmagem se afastava.

Roberta ordenou para os três cabeludos ficarem.

Um deles reconheceu que ali, à margem da rodovia, corriam muito risco. A boa ideia de produzirem filmes realistas havia degringolado para insanidade.

Por fim, os três revelaram a intenção de abandonarem o barco.

Paulão, Bruno e o careca desconhecido se entreolharam. Enfim, os peixes caíam na rede...

Num acesso de fúria, Roberta partiu para cima da presa, a girar os braços.

Léo enfeixou as veias do pescoço. Voltou a ficar de pé.

O restante do círculo continuava fechado. Não tinha para onde correr. E o seu roteiro não previa aquela reação isolada. Caramba! Carambola!

O milagre: Cacá tentou segurá-la, levou uma cotovelada na cara.

Nesse instante, aproveitou a brecha aberta pela traidora, e arrancou tipo atacante de futebol americano. Adorava o esporte. Dessa forma, conseguiu furar o cerco. Acelerou as passadas e reparou a retaguarda de relance.

Roberta, Bruno e Paulão vinham no encalço. Cacá continuava caída. O careca desconhecido corria atrás dos três.

Já a equipe de filmagem trotava na direção do carro branco. Eis a outra zebra não prevista no roteiro, ainda não libertara a tia.

A garganta queimava. Começava a faltar oxigênio nos músculos. Não aguentaria aquele ritmo por muito tempo. Passou perto das portas escancaradas do Jimi Hendrix. O aparelho de som tocava a *I can't get no*.

Pensou em dar a volta, para tentar impedir o novo sequestro.

Guincho de freada.

Retornou a atenção para a rodovia: uma minivan prateada abria as portas no acostamento. O primeiro a saltar do carro foi o Gazetinha. A visão do amigo de cabelos vermelhos, o fez corrigir a rota, aos gritos:

– Ei! Ei! Salve a Mikaela! Vai! Vai! – Apontou o carro branco.

O carinha partiu. Avaliou correr atrás dele para ajudar na operação de salvamento, desistiu, pois iria arrastar os perseguidores junto. Pensava nisso quando tomou outro susto.

Da minivan, saltaram quatro adultos fantasiados de bruxos verdes. Todos começaram a correr ao seu encontro. De braços para o alto, gritavam palavras incompreensíveis. Talvez, fossem gritos de guerra.

Em meio segundo se fez três perguntas: Onde Gazetinha achou aqueles malucos? Seriam os mesmos bruxos esverdeados do *show*? Ora, de espiões, tornaram-se amigos?

Vigiou a retaguarda. Em primeiro plano, Roberta girava os braços. Os outros vinham na rabeira.

Cacá continuava caída.

Retornou a atenção para frente.

Já não conseguia aumentar a velocidade das passadas.

Entre os tais estranhos esverdeados, reconheceu os rostos da leoa-mãe, do pai, Seu José, Dona Dulce, pais do Gazeta. Balançou a face. Não podia ser. Ou, na realidade cruel, já levara chutes, murros e delirava a caminho da morte?

Por descuido, tropeçou e foi ao chão. A gritaria dos combatentes, a poeira, o vento frio, o nascer do sol e dor do tombo se misturaram em seus pensamentos.

Elevou a cabeça: o grupo de verde se aproximava rápido. A leoa-mãe tomou a dianteira tal uma corredora de olimpíada. Imaginou-se acolhido num abraço, porém, ela o saltou e adiante usou o corpo de alavanca para jogar a Roberta para o alto. Uma pancada destrutiva!

A demônia rodopiou no ar, caiu na terra transformada de novo numa boneca de pano desengonçada, tal qual na ocasião do atropelamento.

Ainda caído, analisou a condição do próprio corpo: garganta seca, a canela esquerda ardia, dor nas costas e no diafragma, gosto de sangue na boca. Ufa! Sobreviveria...

Os demais adultos nem precisaram lutar. Decerto, a visão da chefe dominada fez os carecas preferirem a fuga. Até Paulão deu meia volta, abandonou a namorada e correu no rumo do carro branco.

Covardes.

Sem avistar o menor sinal de Gazetinha, gritou para os adultos:

— Mikaela tá na carretinha! Salvem-na!

Por fim, descobriu um baita calombo numa das canelas. Droga!

Tornou a elevar a vista. O carro já ganhava a rodovia, tipo um foguete de poeira.

Pôs-se de joelhos. Levaram a melhor tia desse mundo. O pai enlouqueceria. Impossível explicar o inexplicável. Aceitou a culpa. Pelo menos, apesar de sujo, esfolado, canela detonada, continuava vivo.

Foi quando a ficha do desespero caiu...

00:02:00

    Léo pulou ao estilo Saci Pererê na direção da nuvem de poeira produzida na arrancada do carro branco. No caminho, ao dissipar da névoa, reconheceu Gazetinha, a vibrar os braços. O baú aparecia em segundo plano.

    O danado salvara o dia. Quase não dava para acreditar... Diminuiu a toada.

    Suplicou aos céus o milagre completo: encontrá-la sem nenhum arranhão. Porque, àquela altura do campeonato, o menor dos problemas seria explicar para os pais a aventura. Agora, reconhecer a culpa pelos machucados ou pela morte dela, significava o fim da adolescência feliz.

    Nisso, o som de um alarme familiar o fez abandonar aquele pensamento sinistro.

    Procurou em volta. O pai se aproximava de cara raivosa, vestindo um sobretudo verde, a exibir o cronômetro zerado na tela do telefone.

    Parou. Recuperou o fôlego. Sem sombra de dúvida, aquelas foram as quatorze horas mais loucas da vida.

    Adiante, a leoa-mãe mantinha o rosto de Roberta colado na terra; se não bastasse, ainda lhe aplicava a maior bronca. Em breve, tomaria um corretivo pior, recheado de gritos, ameaças e frases prontas. Deus meu! Ficaria meses sem *internet* e televisão.

    No extremo contrário, Gazetinha tentava abrir a carroceria-baú.

    O pai o arrastou pelo ombro:

    — Te falei para não fazer nada de errado que eu não fizesse... Falei grego? Daí, fez a maior merda!

    — Juro, tentei ficar longe de confusão, deu tudo errado!

    O pai lhe apertou o ombro, enquanto prometia noutra oportunidade, uma conversa franca, de homem para homem. Primeiro, checariam o estado de saúde da Mikaela.

    Léo estremeceu. A canela detonada reclamava horrores.

Caminhavam a passos largos.

Para medir o estado de fúria do senhor Arthur, indagou-lhe o motivo daquelas roupas verdes.

Em vez de responder, quis saber de quem foi a espetacular ideia de transportar a irmã desmaiada daquela forma?

Gaguejou:

– Do Gazeta!

A autoridade paterna lhe cobrou a sensatez de não ter acatado tamanha idiotice.

– Isso, eu nunca faria, Leonardo! E se ela se machucou gravemente ou... Enfrentariam sérios problemas na delegacia...

O inchaço na canela começou a pulsar. Desejou sumir. Achou estranho o velho não bronquear por causa da ida ao *show* proibido... Sacou o óbvio: tal peraltice ficara minúscula diante da tensão envolvendo o estado de saúde da tia. Putz! De um jeito ou de outro, não escaparia da mega bronca e do corretivo.

Chegaram, enfim, à carretinha.

Gazeta pediu socorro:

– Acudam aqui. Não consigo abrir a porcaria do baú. A porta emperrou de novo. Já chutei, dei pesadas, não adiantou...

Ameaçou ajudar...

O pai tomou a frente, atracou os dedos nas travas, fez cara feia:

– Jesus!

Gazetinha sugeriu empurrá-la ao contrário.

– Repilica! Repilica! – Léo clamou.

Diante da falta de respostas vinda do interior, os ombros caíram. No fundo, imaginou o pior. Deus!

Gazetinha sambou por uns instantes.

O pai continuava a fazer muita força, pelo menos exibia caretas de dar medo.

– Gente, acho que agora ela apitou pra... – O carinha interrompeu a frase sinistra.

Massageou o rosto de nervoso.

Os dois se entreolharam.

Enfim, a bendita porta abriu.

Depois de conferir o interior da carroceria, o pai arregalou os olhos, tremeu os braços e andou de ré, feito zumbi.

Já o Gazeta sacudiu as mãos antes de exclamar:
– Céus! A Dona Mika sumiu!
Léo deu dois passos titubeantes... Espiou o baú. Uma sensação de frio subiu o corpo enquanto esticava os fonemas da palavra "Ca-ra-ca!". Os dentes travaram ao reconhecer o pai prestes a entrar em erupção, pois, ora coçava as têmporas, ora corria as mãos pelo rosto. Para fechar as piores quatorzes horas da vida, só faltava o estouro daquela bomba de hidrogênio. Tapou a boca. O cérebro pedia *reset*. Só se a equipe de filmagem a descartou em algum lugar? Houve tempo para tanto? A canela doeu forte. Cadê a minha *hippie* maluco beleza? Ferrou geral!

Pensou em correr para os braços da mãe, mas com certeza, ela daria outra bronca igual ou muito pior...

Caiu de joelhos.

CADÊ A MIKAELA?

Na mente, refez todo o trajeto desde o estacionamento até ali. Nas lembranças, a carretinha só ficou sozinha enquanto usava o banheiro, tomava café no restaurante, ou quando rodou por alguns minutos, atrelada ao carro dos ladrões. Logo, não houve a menor chance de ela sair sozinha ou cair no trajeto. Eis o *big* enigma para resolver.

Parte, culpa dele, para quê foi aceitar transportá-la daquela forma? Caso não a encontrasse, passaria o resto da adolescência preso no quarto, sem *internet*, sem TV, sem *videogame*, sem a Sol, sem nada... Fora o remorso.

Nisso, levou um cutucão no ombro.

Virou: a mãe, descabelada, a roupa verde suja de terra.

— Você está bem, filho?

— Tá mais para menos, sabe!

— Pelo amor de Deus, Leonardo, cadê a minha irmã? — O pai agarrava os cabelos. Decerto, começava a entender o tamanho da tragédia...

A leoa insistiu na mesma pergunta cáustica:

— Cadê a Mikaela?

Aí, a pele do rosto murchou e os lábios se apertaram. Àquela altura do campeonato, aquela resposta já devia valer milhões.

— Escafedeu-se! — Gazetinha fez a gentileza de entornar o caldo.

Dona Dulce, mãe do cretino, mirou o cretino língua solta de rabo de olho e buscou a confirmação:

— Ela não viajava na carretinha?

— Bom, no começo sim, agora não sei... Virou uma confusão!

Silêncio apavorante.

Sentiu falta do cadarço em um dos tênis da leoa-mãe. Por telepatia, ela sacou a curiosidade e revelou ter usado para amarrar certa lambisgoia.

CADÊ A MIKAELA?

Todos olharam na direção da valentona, temida até pelos *Metaleiros Psicóticos*, que agora, se contorcia deitada na terra frouxa.

Por falar em coisas fora do lugar, Dona Dulce indagou-lhe a respeito das calças. Outra vez, deu-se conta da túnica desengonçada, gaguejou as primeiras sílabas incompreensíveis da resposta engasgada na garganta.

Seu José massageou a testa, como se clamasse pela misericórdia divina.

De semblante vincado, a leoa-mãe cobrava explicações.

Por fim, suplicou se podia esclarecer toda aquela trapalhada depois.

O pai atravessou na conversa. Nenhuma explicação ficaria para depois. Queria entender o porquê de transportarem a irmã desmaiada ao invés de levá-la ao posto médico.

– Tentamos socorrê-la sim, porém, havia outras pressões: a turma da Roberta nos perseguia, precisávamos chegar em casa antes do cronômetro zerar, tínhamos a expectativa de ela acordar a qualquer instante...

Seu Arthur pressionou as têmporas e revelou ser uma brincadeira a ditadura do relógio.

– Achei que fosse para valer... Com o clima pesado lá de casa não consegui pensar diferente. – Murmurou.

A mãe baixou os olhos.

O pai massageou o rosto muitas vezes.

– Afinal de contas, qual é dessas roupas verdes? – Léo insistiu na mesma pergunta de minutos atrás.

– Estavam no *show*, cara! Lembra-se dos meus alertas a respeito dos bruxos esverdeados? Fomos vigiados o tempo todo, tipo um *reality show* da TV.

– Puxa! Curtiam os *Stones* numa boa enquanto passávamos por todo aquele aperto.

A leoa-mãe argumentou a necessidade de vigiar o filho desobediente. Então passou a andar de um lado para o outro enquanto roía as unhas.

O pai estabeleceu a prioridade de localizar a desaparecida. Em seguida, tentou usar o telefone, então, fez cara feia antes de reclamar do aparelho fora de área de cobertura.

De nada adiantaria ter sinal de antena, o telefone da Mikaela estava sem bateria desde o meio da noite.

Seu José sugeriu retornarem ao posto de combustíveis. De lá, poderiam acionar a polícia ou encontrar alguma testemunha.

– Ei! Você não chamou a polícia? – Fuzilou o amigo.

Alegou ter sido interrompido duas vezes. Primeiro, quando foi abandonado no posto. Segundo, quando chegaram a mãe, o pai, Dona Ângela e Seu Arthur.

Putz! Enfrentei sete na confiança do socorro a caminho. Mergulhou o rosto na concha das mãos por alguns segundos. A canela machucada ardeu.

Nisso, a leoa-mãe ralhou a respeito da loucura de ele dirigir numa rodovia.

Léo se defendeu aos gritos:

— Aperto, desespero, aflição... Tudo junto. Quando furtaram a carretinha, enlouqueci...

Nem Seu Arthur escapou da bronca:

— Pelo jeito, tem dedo do Senhor Absoluto nessa façanha. Se acontece um acidente? Hein?

— Insisto, Ângela! A prioridade é encontrar a Mikaela.

A fera baixou a cabeça.

Gazetinha fez cara de espanto.

Léo abraçou a nuca, nunca vira o pai falar daquele jeito.

Dona Dulce sambava miudinho. Se não fosse a tensão, até riria da cena: tal mãe, tal filho.

Nisso. Sem pedir licença, Seu José puxou os adultos para o lado direito, decerto, pretendia iniciar uma reunião de emergência.

Os dois se entreolharam sem moverem os rostos.

Gazetinha sugeriu a hipótese do sumiço da Dona Mika ser brincadeira dela.

— Não creio. Aconteceu algo sim. Para azar nosso, foi grave... Gravíssimo!

— Pneumoultramicroscopicossilicovulcanoconiótico! — Ele pronunciou as sílabas até quase perder o fôlego.

— Palavra sem pé nem cabeça é essa? Enlouqueceu, Brô?

A mãe do cara de pau o obrigou a usar aquela palavra gigantesca no lugar de palavrões cabeludos. E claro: não sabia o significado. Pronto, o carinha só podia ser retardado mental.

Espiou a rodinha de adultos adiante.

A considerar o quanto gesticulavam, estavam longe de decidir qualquer coisa. Se imaginasse dez por cento da confusão... Nunca teria saído de casa. Pior, se hippie tiver morrido, ou mesmo se machucado naquela droga de baú, o castigo será mega colossal.

Gazeta culpou os adultos por boa parte daquela presepada. Foram ao *show*, curtiram, enquanto eles se lascavam.

Por outro lado, reconheceu não desejar a companhia dos pais. Principalmente com a Sol na jogada... Iriam atrapalhar o romance.

— Cara, ir numa festa na companhia da mãe é igual tirar a irmã para dançar. Não tem a menor graça. Melhor ir de penetra, tal qual fizemos.

Tornou a espiar os adultos: braços cruzados, pés inquietos, o pai apoiava as mãos sobre a cabeça... Ou seja, a reunião continuava muito tensa.

Como o amigo acompanhava a sua curiosidade, Léo o provocou:

— A Dona Dulce também sabe sambar... Espia aquilo!

Ele retrucou preferir a mãe sambista a uma, fera selvagem. Confessou sentir pena do Seu Arthur e voltou a defender as tais idiotices sobre o amor.

— Véio! Você ainda se apaixonará. Aí, a minha vingança será maligna!

— Falo assim, cara, mas achei injusto o plano amoroso da Dona Mika ir para o brejo. Deu pena, viu!

Deixou os ombros caírem. Ele e a tia deram muito azar.

Em seguida, o amigo de cabelos vermelhos o aconselhou a esquecer da patricinha de olhos verdes.

— Reconheça a derrota! O garoto de topete levou a melhor.

Preferiu acariciar a canela dolorida. Por pouco, o osso não quebrou. No tombo, deve ter batido a perna numa pedra. Das esfoladuras nos braços marejavam gotículas de água. Só de olhar, o troço queimava.

Por fim, a pergunta "Cadê a Mikaela?" tomou conta da mente.

O grupo de adultos se espalhou.

Gazeta cochichou:

— Salve-se quem puder! A general caminha na nossa direção.

— Putz! Ela passeou os dedos nos lábios...

— Isso é ruim?

Não deu tempo de responder, a fera anunciou a divisão em dois grupos. Um voltaria ao posto de combustíveis, o outro ficaria ali.

— Fazemos parte de qual?

— Do grupo que fica, filho. *Hello!* — Apontou o chão.

— Para tudo! A reunião durou uma eternidade para resolver isso? — Gazeta invadiu a conversa.

Cutucou as costelas do amigo, quase em código telegráfico: "Feche essa matraca!"

A felina remexeu o queixo.

A despeito do perigo, o inconsequente vociferou:

— Caso os animais voltem para resgatar a chefe... Faremos o quê?

Reconheceu o momento raro no qual o ruivo falava algo importante. Balançou os braços na direção da rodovia. Tarde demais. Nem adiantava gritar. O pai e o Seu José já sumiam na alça de retorno da Bola Branca, a bordo da minivan. Socou o ar:

– Adultos! Nunca ouvem os filhos adolescentes!

O estômago congelou. Ficar ali, no meio do nada, sozinhos, de sentinela da demônia... Usou os dedos para construir a capela sobre o nariz.

Desejou o abraço da Sol ou o escuro do quarto... Menos estar ali.

Com certeza, os moleques retornariam para operar o resgate. Precisavam se esconder rápido!

MENINOS

Léo foi para cima da mãe:

– Qual é? Nem consideraram a hipótese de os carecas voltarem? Maior vacilo!

A leoa tremulou os lábios em vez de rebater.

Gazeta sugeriu arrastarem a Roberta para trás da vegetação e se esconderem até os pais voltarem.

– Senão, seremos feitos em picadinho!

Ela gesticulou calma e insistiu na lorota do retorno rápido dos homens, só foram ao posto chamar a polícia.

– Se tivesse visto essa turma da pesada correr atrás do Jimi Hendrix, nos perseguir no *show*, estaria apavorada. Se ainda estamos aqui e inteiros, foi pura sorte.

Ela franziu o nariz e sussurrou:

– Meninos! Foi tão chato assim?

Dona Dulce limitava-se a esfregar as mãos. Parecia sem lugar.

– Chato? Foi terrível! Animalesco! – Gazetinha abanou a cabeça a imitar lagartixas de parede.

Léo falou ao vento "São psicopatas!", enquanto a cabeça girava a mil em busca de uma saída menos arriscada. O simplismo de se esconder lhe causava arrepios.

As duas se encararam antes de apoiar a estratégia.

Enquanto transportavam a prisioneira, Léo puxou conversa:

– Tá! E quanto à vigília de Saint Patrick? Não acabaria ao amanhecer?

– Da mesma forma, por que o senhorito não está em casa? Haveria nos poupado essa encrenca medonha!

Sussurrou atrevido:

– Perguntei primeiro!

A leoa-mãe concordou em falar, entretanto, frisou o interesse de ouvir os detalhes da aventura dos desobedientes nos mínimos detalhes, já que o linguarudo já havia adiantado alguns pontos bem absurdos.

Nisso, manobraram em torno de uma moita e, ali, depositaram a demônia de cabelos azuis. O rosto da megera faiscava. Só não dava para ouvir as pragas e palavrões por causa da bucha de capim enfiada na boca. A mãe não tinha fama de brava à toa.

Em seguida, os quatro se esconderam atrás de um arvoredo, de onde fariam tocaia silenciosa.

A história dos adultos vestidos de verde, de tão interessante, canalizou as atenções.

Primeiro, a leoa reconheceu saber da loucura de filho único pelo *Rolling Stones*, porém, não lhe agradava a ideia de permitir a ida ao *show*, na companhia de amigos inconsequentes. Por isso, o voto contrário. Comprou a briga e confiou tanto na força da autoridade que bancou uma aposta com o marido e a cunhada. Ser mãe é ser tonta... Pelo sim, pelo não, contatou a Dona Dulce e Seu José. Assim, os quatro combinaram testar a obediência dos filhos.

Léo agarrou os cabelos. Aquilo não podia ser verdade.

Gazeta fez graça.

Para montar a arapuca, escalaram a Mikaela na montagem da farsa. Daí, compraram os ingressos, inventaram a tal vigília de Saint Patrick só para deixá-los sozinhos no tentador fim de semana.

Partiu pra bronca:

– E então, seu mentiroso duma figa, comprou nada o ingresso na mão de minha tia...

O sujeitinho soltou as palavras da sua defesa feito metralhadora. Alegou estar sob efeito de uma bruta fossa, pois fora proibido de assistir os *Stones* também. Entrou em pânico. Todos os amigos iriam, inclusive os *Metaleiros Psicóticos*. Maior humilhação. Aí, para sua surpresa, apareceu a Dona Mika à porta de casa com o ingresso, preço de ocasião, carona 0800 incluída no pacote.

Apesar de conhecê-la de vista, no começo, achou a proposta estranha, depois entendeu que a coroa queria apenas companheiros para a aventura. Para aproveitar a oportunidade, precisava apenas convencer o amigo a ir ao *show*. Claro, super secreta a origem do ingresso. Fechou negócio na hora. No fim, exclamou:

– Não vi problema algum para a nossa amizade sólida, apenas omitiria parte da verdade.

Canalha!

Eis o motivo do ingresso dele ficar na posse da Mikaela o tempo todo. Se não cumprisse a missão ou entregasse o esquema, perderia a entrada e a carona. Entretanto, a estratégia tinha um furo. O Gazeta poderia ter ido direto ao invés de ter tanto trabalho. Pra sorte dos adultos, o cretino deixou passar batido.

A leoa-mãe esclareceu que a Mikaela oferecia tais facilidades em troca de companhia.

Léo se lembrou da *Matrix* do Bruno. A vida não passava de um jogo, regrado pelos adultos. Eles, sim, controlavam o mundo juvenil.

– Qual é? Poderiam ter levado a gente ao *show*. Havia famílias lá. – Gazetinha abriu os braços.

A leoa-mãe confessou que considerara tal hipótese, contudo percebera o filho muito estranho nos últimos dias. Imaginou alguma paixonite aguda não correspondida. E talvez não quisesse a companhia dos pais no evento. Além disso, a ideia do teste de obediência a fascinava.

Gazetinha fez graça:

– Levar os pais a tiracolo é igual mulher de cego. Feio demais!

O plano inicial cresceu e se complicou. Resolveram ir também. Alugaram as fantasias verdes para justificar a desculpa do festival de Saint Patrick, pois as festas do santo eram sempre regadas à chope e muito *rock*. Logo, vestidos daquela forma, não levantariam suspeitas no meio da plateia dos *Stones*. E de tal maneira camuflados, poderiam vigiar os filhotes sem nenhuma preocupação.

– Suspeitei desde o princípio! – Gazetinha elevou o braço.

Léo quis saber quando saíram da cidade.

Os quatro ficaram entrincheirados num bar. De lá, acompanhavam o desenrolar do plano por meio das mensagens eletrônicas da Mikaela.

Até o último segundo, ela acreditava na obediência do filho querido. A ficha caiu, quando Seu Otávio da *Pet Shop* mandou a notícia da tentativa de venda da Estrela para comprar a porcaria do ingresso. Ralhou:

– Devia ter quebrado o porquinho...

– Quebrei e a grana não deu. Agora, se sabia, por que a senhora permitiu a venda?

– Por isso o telefone do sujeito da loja de animais apitava sem parar. – Gazetinha cruzou os braços – O safado caguetava a gente.

Achava-se tão esperto e fora enganado por tanto tempo.

Aí, a leoa revelou o raciocínio absurdo, já que ele tinha ido tão longe, ao tentar vender a gata. Na prática, já havia desobedecido. Lavou as mãos. Foi dela a ideia do empréstimo. O mundo era a melhor escola.

– Vá em frente, filhinho, quebre a cara!

Léo ficou sem palavras.

Dona Dulce sorria. Não era muito de falar...

Gazetinha balançou o amigo:

– Véio! Os quatro se juntaram para nos passar a perna! Aliás, cinco! Esqueci-me do dono da *Pet Shop*.

Santa inocência. Os adultos dispunham de muitos espiões: o dono da padaria, do açougue, da farmácia, do salão de beleza e boa parte dos vizinhos. Todos toparam ajudar. Caso aprontassem, os pais saberiam em tempo real, por meio do grupo montado numa rede social da *internet*. Caramba! Pressionou a testa com uma das mãos e protestou pela invasão de privacidade.

– Isso é cuidado! – A leoa-mãe se defendeu.

– Isso é amor! – Dona Dulce resumiu.

– Tá! E o tal grupo de fuxiqueiros virtuais os avisou sobre o atropelamento?

Segundo ela, estavam na estrada no momento do acidente. Decidiram chegar primeiro para se posicionarem. Só souberam depois, quando o Gazeta cantou a pedra. Por isso, de cara, ela voou para cima da diaba de cabelos azuis.

Por falar na cretina, ainda se debatia.

O entorno seguia numa calmaria de dar medo. Apenas o ruído do vento.

Arrepiou-se. O pai já devia ter voltado. Enfrentava dificuldades?

Na sequência das revelações maternas, surgiram surpresas: foram monitorados desde a chegada ao estacionamento. Ficaram sem entender o motivo das fantasias, nem quem era a garota alta de *dread* azul. Sacaram direitinho quando os dois foram barrados na entrada. Ao testemunharem a Mikaela deitava na maca, houve um momento de estresse que só aliviou após o aviso da própria falsa moribunda, por mensagem de texto.

A falta das autorizações registradas em cartório foi o primeiro grande furo do plano. Inclusive, cogitaram revelar a farsa, para os dois não perderem o *show*.

– Todavia, entretanto...

Gazetinha grunhiu.

Léo espalmou as mãos:

– Todavia, entretanto, o quê?

Por maioria unânime, preferiram esperar. Queriam choro, desespero, sofrimento... Todo castigo era pouco para filhos desobedientes.

– Quero ser adotado! – Léo rugiu.

Gazeta disparou:

– Pneumoultramicroscopicossilicovulcanoconiótico!

Dona Dulce tapou o riso.

A leoa-mãe exibiu aquele olhar assustado de paisagem.

Léo se demorou a observar a cara do paspalho, pois conseguiu falar a tal palavra gigante ainda mais rápido. Passado a torpeza, gesticulou para a mãe continuar o relato absurdo.

— Quando vimos você de óculos escuros e bengala, a caminho do portão de serviço, caímos na risada. Já o Arthur ficou orgulhoso do jogo de cintura. Tanto, que resolveu ajudar, pois não vislumbrou chance de sucesso.

— Para tudo!

— O seu pai ofereceu gorjeta para o motorista do caminhãozinho de gelo...

Gazetinha gritou:

— Cacilda! Eu sabia!

— Nunca tive o mesmo nome do filho daquele sujeito?

Ela levantou a sobrancelha direita.

Léo apoiou as mãos sobre a cabeça.

Dona Dulce ria baixinho.

— Tá! Tenho até medo de perguntar sobre as cenas dos próximos capítulos.

— Daí, pra gente, o plano voltara aos trilhos. Vocês se divertiam... A farra perdeu o embalo quando o celular da Mikaela ficou fora de área. Então, fomos obrigados a manter contato visual...

Gazetinha meneou a cabeça e exclamou:

— Aí, começou o *Big Brother*!

Léo gesticulou o pedido de tempo.

O trio o encarou antes de ele fazer a pergunta óbvia:

— E se muito por acaso eu tivesse lhe obedecido?

A leoa passeou os dedos nos lábios.

A bomba: se não tivesse cedido à tentação, a cunhada revelaria o plano mirabolante. De prêmio: além do ingresso, ganharia o *videogame* pelo qual juntava as economias no porquinho.

Estapeou a própria testa. Por que não confiou no instinto? A pressão não passava de um teste. Agora, entendia a arapuca planejada nos mínimos detalhes. Arrastou as mãos dos olhos ao queixo.

— Pois é, teria assistido ao *show* sem passar por tantos perrengues. Regras precisam ser obedecidas. Certo é certo, rapazinho.

— Poderia ter ido sozinho?

— De jeito nenhum. Levaria pelo menos a Mikaela.

Dona Dulce não passou sermão. Apenas se limitou a jogar uma bomba parecida: além do ingresso, a desobediência do amigo de cabelos vermelhos lhe custou a tão sonhada bicicleta, gêmea da Sofia...

O carinha sambou em círculo a lamentar-se:

– Quero morrer! Quero morrer!

Deu pena. Ah, se pudesse voltar no tempo.

A demônia quase não se mexia.

Gazetinha mirava o infinito.

Léo fez cara do gatinho pidão do filme O *Gato de Botas:* "A senhora me perdoa?"

— Apostei com a Mi e o Arthur, confiante na sua obediência. Perdi a maior grana...

Reconheceu-se o maior idiota do planeta. Caíra no golpe feito criança de bico. Por isso, a tia fez tamanha pressão para ele tomar as próprias decisões. Havia uma boa grana em jogo.

O sucesso da estratégia dos pais foi humilhante.

Insistiu com o argumento manjado:

– A senhora já foi adolescente...

– Nada desse papinho. Conhece o efeito borboleta? A sua imprudência provocou desdobramentos inimagináveis nas histórias de outras pessoas. Veja o caso da Mika! Pode ter acontecido uma tragédia. Precisa pesar as consequências. Viver é ação, reação!

– Se decepcionou?

– Caiu a ficha! O meu filho já consegue tomar sozinho as próprias estúpidas decisões.

Encararam-se sem virar os rostos.

A negativa do perdão significava um *big* castigo mega ultra *punk*.

Nisso:

– Luiz Carlos Sampaio, em casa, acertaremos as contas... – Dona Dulce falava quando, num movimento sincronizado, os quatro foram amordaçados.

Em tom de revanche, a voz de Roberta se fez ouvir:

– Ó! Tô no jogo de novo!

O suor frio brotou em todos os poros do corpo. Tal ele e o Gazeta imaginaram, os carecas voltaram para resgatar a chefe. Agora pagavam caro por descuidar da vigilância para ouvir os detalhes impressionantes do plano dos adultos. Droga! Reconheceu o sucesso do contragolpe.

Sorridente, a megera de cabelos azuis amarrotava certo cadarço de tênis entre os dedos...

QUEM SÃO ESSES CARAS?

A reação da Roberta prometia ser arrasadora. Principalmente depois de amarrada, tipo um animal selvagem, diante de seus comandados. A postura da megera, a suspender os ombros a cada respiração, só confirmava a medonha suspeita.

Precisava salvar a mãe, Dona Dulce e o Gazetinha. Noutras ocasiões, tiveram muita sorte, mas, sorte não dura para sempre. O ato heroico talvez revertesse o castigo materno. O preço: escaparia vivo? Nem se debater conseguia...

Dona Dulce gritou um "Soltem-me!" abafado, antes de ter a boca tapada de novo.

Léo se contorceu, impossível se soltar, impossível reagir.

Sob a orientação gestual da chefe, os delinquentes arrastaram as vítimas para trás do mato, longe da margem da rodovia. Decerto, ainda não desistira de filmar a tal obra prima sangrenta. Se sim, os manteria vivos por algum tempo.

Tomara, nesse intervalo, os pais chegassem junto com a polícia.

O novo problema: como os encontrariam ali, escondidos?

Cacá imobilizava Gazetinha. Ou seja, apesar da cotovelada, continuava fiel ao grupo.

Nisso, Roberta o interpelou cara a cara.

– Idiotinha!

Segurou o fôlego por causa do fedor de terra impregnado naqueles cabelos azuis.

Ela meneou o rosto e iniciou o discurso esquisito onde defendia a tese maluca do companheiro de gangue:

– Talvez o Bruno tenha razão. Fomos plantados nesse planeta por uma *Matrix* alienígena! Talvez não passemos de uma experiência científica intergaláctica!

Nas palavras seguintes, ninguém merecia viver as vinte e quatro horas do dia na realidade desse mundo. Passou a se interessar por cinema. Nos filmes, podia entrar na pele dos heróis e viver aventuras inimagináveis. Eis a magia das histórias. Quis ser cineasta. Estudou, leu, pesquisou a respeito. Chegou a fazer alguns curtas. Postou-os na *internet*. Quase ninguém viu.

Certo dia, o jornal da TV mudou tudo: as imagens das câmeras de segurança mostraram o assalto a um posto de combustíveis, onde o frentista foi espancado sem piedade. Confessou ficar alucinada com a reação real de desespero das vítimas. A partir dessa reportagem, surgiu a ideia de filmar curtas realistas. Já no primeiro, mesmo tosco, experimentou a adrenalina, virou vício. Descobria o cinema de verdade. Montou a *Caveira Filmes*, ao estilo câmera na mão, sonhos na cabeça. Tudo ia bem até o atropelamento da noite anterior.

Nesse ponto da conversa, Paulão alertou:

— Bebela, vamos vazar. Não avistei aqueles dois homens. Se chegarem, teremos problemas...

Por sua vez, ela chegou a ser malcriada com o namorado:

— Psiu! Sou eu quem decide a estratégia. Aliás, o matagal nos protege.

O rapaz abanou a cabeça tipo quem não aprovava a resposta.

O clima não era nada bom. Precisava pensar em algo para se manterem vivos até o socorro chegar. Com certeza, os pais procurariam por eles.

Pelo menos, a considerar a postura do grupo até ali, ninguém era louco. Apenas queriam apagar as pistas e as provas do duplo assassinato. O problema: ele e o Gazeta sabiam demais...

— Onde estávamos? Ah! Lembrei-me: o curta ficará sensacional! Já improvisei o roteiro. — Apalpou um dos brincos em forma de caveira e sorriu.

Léo engoliu seco.

— Que demora! Desse jeito, a *Matrix* pegará a gente! — Disse Bruno, que imobilizava Dona Dulce.

— Fica frio! A *Matrix* não é tão absoluta. — Em seguida, sorriu para Léo. — Gostou da ideia? Diga! Ou melhor: se curtiu, pisque. Afinal, será o galã do filme.

Responder como? Se mal conseguia se mexer dentro do abraço de urso do Paulão. Além disso, a boca seguia tapada.

Roberta começou cutucá-lo, talvez para forçar a resposta. Foi quando ela apalpou o volume retangular no bolso direito da blusa. Meneou a cabeça e sem pedir licença, sacou o conteúdo e recuou, boquiaberta.

— Ora, ora! Um celular da mesma cor, marca e modelo do meu! — Fez careta. — Comungamos do mesmo gosto para escolher telefones? — Abanou o dedo em sinal de dúvida. — A Cacá me alertou sobre o detalhe de ser hiper inteligente. Contudo, cara, essa jogada foi sensacional! – Bateu palmas – Só não que gostei nada!

Léo deu arranques, na intenção de se afastar.

– Eis o meu verdadeiro celular. Acertei? Hã?

O corpo estremeceu.

A demônia gritou a pleno pulmão:

– Se sim, pisque duas vezes, cretino! – A agressora desviou o olhar para Paulão.

Endureceu a barriga em preparação para receber o primeiro murro.

Foi quando o ronco de uma daquelas motocicletas gigantescas chamou a atenção de todos. Saciada a curiosidade inicial, ela se protegeu atrás do mato. Os delinquentes espiavam pelas gretas dos arbustos.

A tal motocicleta parou no acostamento da rodovia. Uma mulher esbelta saltou da garupa, vestia macacão escuro de manga comprida. O piloto desceu também: corpulento, alto, trajava o mesmo modelo de traje.

A tal mulher ergueu o queixo, apontou bem na direção onde se encontravam. Com certeza, avistara a Roberta de pé, logo que virou na curva. Charmosa feito a *Pantera Cor de Rosa*, começou a atravessar o descampado de terra solta.

O piloto se pôs ao seu lado.

Detalhe: não retiraram os capacetes.

Ultrapassaram o Jimi Hendrix, cuja droga de rádio havia parado de funcionar; apenas os faróis seguiam acesos.

Seriam um reforço inimigo? Ou, sim, os verdadeiros donos da *Caveira Filmes*?

Apostou na segunda opção. Aqueles jovens metidos a produtores de cinema não aparentavam ter dinheiro suficiente para comprar toda aquela tralha sofisticada...

Em seguida, reconheceu o erro na leitura inicial dos acontecimentos, quando a Roberta gesticulou para os três cabeludos. Qual a real do caso? Organizariam a defesa? Ou a recepção calorosa para os visitantes ilustres? O cérebro entrou em parafuso diante das possibilidades.

Pior, aqueles dois misteriosos personagens não tinham a mínima pinta de heróis.

As reações dos carecas ainda não esclareciam a situação.

Mesmo de boca tapada, vidrou os sentidos no desenrolar dos fatos.

Nisso, os dois estranhos pararam a certa distância.

Os delinquentes continuavam a vigilância silenciosa através das gretas dos arbustos. Cacá enfeixou as veias do pescoço. Os três cabeludos cochichavam.

Não entendia nada.

Gazetinha, Dona Dulce e a mãe tentavam se comunicar ou se soltar.

Ao longe, roncos de motores.

Na curva, surgiu um enxame de motocicletas gigantes.

A mulher misteriosa e o piloto se voltaram para a rodovia. Abanaram os braços para o alto.

Os motociclistas pararam no acostamento e vieram rápido ao encontro do casal. Estes também não se preocuparam em retirar os capacetes. Talvez quisessem esconder a intenção sinistra.

Contava dezesseis, quando Bruno lançou a pergunta ao vento:

– Quem são esses caras?

Não houve resposta.

O enigma persistia...

– Bebela! Alertei sobre o perigo de continuar aqui. Ferrou! – Paulão falou.

– São agentes do *Mecanismo*! O Sistema nos encontrou! – Bruno congelou as feições.

A diaba exibiu a lâmina de uma pequena faca:

– Mantenham os postos!

A visão da arma branca elevou o nível de alerta ao máximo.

Nisso, os três cabeludos foram os primeiros a correr pela tangente, na direção de outro ponto do acostamento, adiante. Fugiam?

A demônia trovejou:

– Maldição!

Mesmo sob a mordaça, Léo sorriu, ao fugirem, os cabeludos revelaram a exata localização do restante do grupo. A melhor parte: se a megera não gostou, bom para as vítimas... A sensação de alívio tomou conta do corpo.

Bastou a mulher de macacão escuro esticar o braço, para quatro motociclistas interceptarem os cinegrafistas fujões. Cena linda, típica de filme policial.

Em seguida, ela fez outro gesto e o homem ao lado dela agitou o braço para o alto. Daí, o restante do grupo começou a trotar no rumo exato onde se encontravam. Armavam-se de correntes, cintos ou apenas dos punhos cerrados.

A respiração saiu do ritmo.

Os opressores se inquietaram.

A dedução óbvia: o piloto da primeira motocicleta ordenou um ataque total! Restava saber qual a pretensão dos novos personagens... Se fosse uma guerra de gangues, apanhariam, ou até morreriam por tabela por estarem no lugar errado, hora errada...

– Bebela, são pelo menos uns vinte! Melhor vazar.

– Ainda não! No momento oportuno, fugiremos no carro do Lúcio. – Ela revelava o nome do careca até então desconhecido, que imobilizava a leoa-mãe.

Fez questão de decorar, a polícia iria gostar de saber. Por falar nisso, cadê os homens da lei quando se precisa deles? Aliás, cadê o pai?

– Nunca vi esses caras na vida! Que merda é isso? – Roberta grunhiu.

Paulão murmurou algo sobre certos motoqueiros feitos de idiotas numa filmagem anterior. Se fossem os tais, os reféns não serviriam de nada. Sugeriu recuar.

Cacá inquietou-se.

Bruno insistiu em rotulá-los de cachorros da *Matrix*.

Nisso, a voz de Paulão explodiu dentro do ouvido do prisioneiro:

– Você os conhece? Diga!

Léo se esforçou para abanar a cabeça em sinal negativo.

– Preparem a retaliação! – Roberta ordenou entredentes.

O drama piorou: agora, todas as vítimas tinham canivetes pressionados contra os pescoços. A saliva ficou gosmenta.

Mesmo na expectativa de ter a garganta cortada, foi o máximo identificar o detalhe importante. Na brecha entre o macacão e capacete do motociclista misterioso, surgiu um pedaço de um lenço laranja. Arrepiou-se. O Gegê? Será? Então, a mulher magra, estilosa, seria a maluca da Tia Mika Repilica, a interpretar um personagem? Inflou-se de alegria: Caramba! Carambola! Uau!

Se fosse isso mesmo, recuperava a esperança de salvação. No entanto, o clima ainda ultrapassava o desespero.

Caiu em si. Lenços laranja são muito comuns...

Os carecas se entreolhavam.

A chefona anunciou:

– Aguentem firme! No momento certo, vazamos. Filmaremos a nossa obra prima em outro lugar. Aquele campeonato será nosso!

– Afinal, quem são esses caras? – Paulão falou alto.

– Não faço ideia! – Roberta vociferou.

Os outros estatelavam os olhos.

Filmariam em outro lugar?

O carro do Lúcio não comportaria sequestradores e sequestrados. O pressentimento: levariam apenas ele e o Gazeta. Engoliu seco.

Talvez se concordasse que as mortes das moças do filme do celular foram acidentais... Pessoas comuns podiam muito bem se tornar assassinas. No caso deles, confiaram demais no tal risco calculado ou se viciaram na adrenalina. Aí, o acaso, produziu o desastre. Deus! Aquela cáca de argumento não iria colar. Aliás, de boca amordaçada, nem tinha jeito de tentar a estratégia. A cabeça doeu.

Nisso, a mulher misteriosa retirou o capacete.

– É a atropeladora idiota! Ataquem! Ela deve ter visto o filme também. Agora é guerra! – Roberta entrou visivelmente em desespero.

Contudo, nenhum dos comandados se moveu.

Léo contorceu-se de alegria ao vê-la em perfeito estado de saúde. Todavia, passado o entusiasmo inicial, tremia, as facas persistiam contra os pescoços... Deus do céu!

Ao longe, os motociclistas mantinham o trote, ombro a ombro. À direita, os cinegrafistas encurralados, de joelhos no solo.

Num descuido do carrasco, Léo gritou:

– Aqui, Tia Mika!

Os bandidos se entreolharam.

Roberta insistiu na ordem de ataque, agora temperada de palavrões.

Ninguém se mexeu.

A mãe esperneava...

Os ombros da megera caíram:

– Ok, covardes imprestáveis! Recuem! Levaremos apenas o moleque teimoso!

Após descartar as outras vítimas contra o capim alto, Bruno, Cacá e Lúcio correram rente à cerca de arame farpado, no sentido do fluxo da rodovia. Decerto, o carro da fuga estivesse à frente, adiante da outra alça de retorno, além das árvores. Pelo menos, os cinegrafistas correram nessa direção. Léo parou de respirar. Dentro daquele abraço apertado, nem conseguia se mexer. A canela contundida doía horrores com o sacolejar da corrida. Caramba! Acabava de se transformar no único refém. Novidade nada boa.

Nisso, feito um fantasma, a leoa-mãe se jogou contra Paulão. Este, gingou o corpo e a lançou de volta contra capim.

Por puro instinto, Léo mordeu o braço do agressor forçando uma parada.

Roberta trombou nos dois.

Pronto, Léo jogava o tudo ou nada...

SOL!

Após as quedas em cascata, Léo correu alguns passos e caiu adiante.

De novo, a leoa-mãe pressionava o rosto da Roberta contra a poeira. Entretanto, ríspida, gesticulou para não se aproximar. Repetiu o mesmo semblante *ovo virado* do dia anterior. Ou seja, seria difícil amenizar o castigo sem conquistar o perdão da fera. Ainda tinha essa última grande luta para vencer.

Espiou o entorno. Paulão imobilizado. Agora, a fúria do grandalhão se resumia a maxilares travados. Noutro ponto, os demais motociclistas cercavam o restante dos delinquentes. Gazetinha acudia Dona Dulce.

Resolveu correr ao encontro dela, talvez a maluco beleza pudesse ajudá-lo a amansar a toda poderosa chefe do clã. Formigava de curiosidade para saber de onde ela ressurgiu para salvá-los nos derradeiros minutos.

Antes de dizer qualquer coisa, Gazetinha abraçou os dois e exclamou:

– A nossa turma é *show*! Vencemos! Vencemos!

A cretina zombou:

– O que fizeram ao meu anjinho?

Zoava a maldita túnica. Em vez de protestar, preferiu fazer a primeira das muitas perguntas enfileiradas na garganta:

– Onde a senhora se meteu?

Desmancharam o abraço triplo.

Nas palavras da heroína, vivera pesadelo medonho. Primeiro susto: acordou no escuro absoluto, dentro de um cubículo. Só reconheceu se tratar da própria carretinha após a porta traseira se abrir sozinha. Segundo e terceiro apuros: quem a colocou ali dentro? Cadê o *show*?

– Essa história é comprida... – Lembrou-se bem da cena: na pressa em socorrer os intestinos e para não fazer barulho, apenas encostou a maldita porta. Sem querer, criou a tremenda confusão do desaparecimento da defunta.

– Fomos ao banheiro rapidinho. – Gazeta completou.

Óbvio, enquanto se aliviavam nas privadas malcheirosas daquela espelunca, ela saiu do baú... Caramba! Nem se tivessem ensaiado. Santo Deus!

Ficou sozinha naquele posto, celular sem bateria, Jimi Hendrix semidestruído. Reparou a chave no contato, a câmera fotográfica jogada no banco traseiro, as mochilas intactas... Lembrou-se da Roberta e entrou em pânico.

– Esquecer as chaves na ignição foi culpa minha. – Gazetinha assumiu a falta de responsabilidade.

– Continue! Por favor!

Ela retornou o relato na parte da busca infrutífera pelo posto. Quando voltou ao local de partida, o quarto susto: nem sinal do Jimi Hendrix ou da carretinha. Achou-se a mais idiota da galáxia por não trancar o carro quando teve a chance.

Os dois se entreolharam.

Léo se culpou também. Não devia ter aceitado a malfadada xícara de café expresso.

Nesse ponto da tragédia, dezenas de motocicletas gigantescas chegaram. Reconheceu o Gegê numa delas. Por pouco, não desmaiou de emoção. Aí, o desespero por conseguir ajuda transformou o reencontro planejado em algo casual.

Gazetinha revirou os olhos.

Léo sorriu, pelo menos, o plano amoroso dela parecia ter dado certo.

O Gegê foi atencioso. Até arranjou o macacão emprestado, pois as roupas dela estavam imundas de tanto chocalhar no baú sujo. Inclusive, marcaram novo encontro, num momento tranquilo. Tinham muito para conversar...

– Dona Mika, qual foi daquela tremenda loira de parar o trânsito que o abraçava no *show*? – Para ilustrar a pergunta embaraçosa, ainda fez mímica de um violão. O carinha acabava de quebrar a promessa de não fazer ou dizer besteiras.

Ela se saiu bem:

– Bobagem. Sobrinha dele. Apesar de madura, caí nessa... Em vez de enfrentar a situação, desmaiei, me sujei e perdi boa parte do *show*...

– Ainda foi bei...

Dessa vez, Léo conseguiu pisar forte no pé do língua solta a tempo de interromper a pronúncia da palavra "beijada".

A tia, por certo, não fez conta da interrupção, se limitou a comentar:

– Fui infantil!

Gazeta recuou, com certeza, para fugir de outros eventuais pisões, antes de acrescentar:

— Sempre digo: paixão só atrapalha.

— Brô, quero muito te ver apaixonado.

O carinha apontou para si:

— Eu? Sem chance! Sou vacinado!

A história prosseguiu: o antigo namorado se prontificou a encontrar Léo e o Gazeta. Nesse meio tempo, topou o Arthur. Ao se dar conta do ocorrido, puxou a orelha dele por ter deixado as mulheres e os meninos sozinhos. Enxergou o risco dos delinquentes retornarem. Organizou com o Gegê e os rapazes do *Moto Clube*, a operação de contra-ataque.

— Aí, chegou, cheia de pose, tipo artista de filme policial! — Gazetinha interrompeu.

— Fiz questão de causar pra cima da Roberta. Pura mesquinharia feminina! Ela deve estar *pê* da vida. E eu, a assistir, de camarote. *Yes!* Só faltou o beijinho no ombro.

Léo perguntou pelo pai.

— Ficou, para esperar a polícia.

Perguntou pela Sol.

A tia se desmanchou em sorriso enquanto tecia elogios à Solange.

— Cadê ela?

— Tomou meu lugar na minivan. Deve chegar em breve.

Suou frio. Encontrá-la no meio daquela confusão não lhe pareceu nada romântico.

Ela garantiu ter lhe prestado ótimos serviços de cupido. Aliás, o tal carinha topetudo não passava de um primo chato do interior. O amor também lhe pregara uma peça.

Gazetinha riu de segurar a barriga. Cretino!

A parte boa: na avaliação da Mika Repilica, as chances de conquistar a menina dos sonhos eram mega ultra enorme.

— Jura?

— Agora, só depende de você!

Depois da alegria inicial, puxou-a de lado, fora do alcance auditivo do linguarudo. Num sussurro, suplicou ajuda para conquistar o perdão da leoa-mãe. Eis o problema da vez.

Esta arrastou as mãos pelo rosto, feito aranhas loucas, tapou a boca, mirou diversos pontos no solo, por fim, encarou o sobrinho, parecia perdida. Mudou o humor:

— Nada de pânico! Darei um jeito!

Nisso, a minivan parou no acostamento. Os dois botaram sentido no automóvel.

Eis o momento de testar a tal chance mega ultra enorme. Caramba! Carambola! Enfileirou os dedos sobre os lábios.

Gazetinha abanou a cabeça numa clara desaprovação à paixonite do amigo.

Mika balançou os braços para os ocupantes do carro.

Sol correu na direção do trio. Vestia *jeans*, tênis de lona, camiseta rosa estampada com logo do *Rolling Stones* e uma jaqueta de couro.

Léo, hipnotizado.

Atrás dela, vinha outra menina, morena, cabelos curtos. Trajava calça larga e uma camiseta. A sombra nos olhos puxadinhos lembrava personagens de *animes* japoneses.

Nos instantes seguintes, a garota dos sonhos se materializou a poucos centímetros. Após medi-lo de cima a baixo, ela soltou um risinho. De novo, a maldita túnica provocava risos.

Céus! Também, aquilo era jeito de se apresentar no primeiro encontro? De cara, perdia o lance inicial no jogo da paquera... Fim de semana maluco! Para piorar, pintou um branco. Não conseguiu dizer nada. As mãos suavam.

Coube à menina quebrar o gelo:

— Tudo bem? Machucou-se?

A tia recuou dois ou três passos e arrastou Gazetinha junto.

— Sol! — A emoção só lhe permitiu dizer aquela única palavra antes de abraçá-la bem forte. Logo, as perguntas ficaram sem respostas e esqueceu-se de vez o mau jeito do traje.

No meio do abraço, a garota sussurrou:

— Ei! Veio ao *show* sem me avisar. Te pedi para mandar uma mensagem, na lanchonete da escola, esqueceu? Pior, até virou as costas para mim no meio do público. Jogou-me para escanteio. Quando a Dona Mika me contou toda a confusão, fiquei apavorada.

As palavras se engarrafaram na garganta. Sonhava acordado? Agitou o próprio rosto. A realidade tinha olhinhos verdes.

Sol reclamou uma resposta.

O cérebro ainda processava aquele encontro quase inacreditável.

A Repilica fora mesmo um cupido e tanto. Por falar nela, conversava ao pé do ouvido da leoa-mãe. O pai, de tão próximo das duas, parecia muito interessado na conversa.

Ai! Dona Ângela, a senhora podia tanto me perdoar. De castigo, não poderei levar a Sol no cinema, nem para tomar sorvete ou passear no *shopping*...

O Gegê, de braços cruzados, sorria. Devia ser *big* simpático.

– Ei! Alô! Diga alguma coisa! – Ela insistiu.

Ainda não acreditava no milagre de ter a atenção da menina mais linda do bairro.

Barulho de sirenes. Enfim, a polícia surgiu na curva.

A louca aventura acabava bem, ainda seguia o mistério quanto à quantidade de castigo amargaria. Talvez a mãe general nunca o perdoasse...

Foi quando a Sol trocou o abraço por um beijo na boca.

Fechou os olhos, passeou a ponta da língua entre os lábios da menina encantada. Arrepios percorreram o corpo. A realidade também cheirava adocicado e tinha gosto de bala de menta.

Selinhos arremataram o beijo principal.

Abriu os olhos. A paquera dera certo. Uau!

Sol sorriu. No novo abraço, pressionou a bochecha macia contra a dele. Foi quando duas mãos enormes lhe repousaram sobre os ombros. Girou a cabeça devagar.

Gazetinha sambava miudinho...

Despejou um caminhão de protestos sobre o intrometido:

– Qual foi agora, cara? Se liga! Tô ocupado!

Sol fez boca de riso.

O linguarudo franziu a testa.

Léo meneou o rosto de lado.

– Mano, de boa, pede para Solange me apresentar a amiga dela. Por favor! *Te imploro!*

– Humm! A Yuna? – Sol elevou as sobrancelhas.

O sujeito sapateou, piscou os olhos e confessou baixinho:

– Cacilda, acabei de me apaixonar!

Léo sentiu a pele do rosto se esticar sozinha. Reparou de relance a tal menina asiática. Caramba! Capa de revista! Se o amigo de cabelos ruivos levasse um fora, ficaria arrasado, já que seria impossível encontrar outra igual por aquelas redondezas. Aqui se faz, aqui se paga... Segurou o riso. Enfim, para a felicidade completa, teria a chance de cumprir a *big* vingança para cima do garoto mais chato do planeta. E, agora, a nova vítima do amor...

Eis a lição: Nunca diga nunca... Nunca mesmo.

A Sol se encarregou de apresentá-los.

Jamais perderia a chance de testemunhar o inimaginável.

NÃO MINTA PRA MIM!

Nisso, outras duas mãos enormes apertaram seus ombros e o arrastaram por dois ou três passos. Virou com vagar.

Os olhos da leoa-mãe faiscavam. Além da roupa suja de terra, faltavam cadarços nos dois tênis. O óbvio: a Roberta foi amarrada feito um animal selvagem pela segunda vez.

Pronto, chegara o momento da bronca mega ultra *punk*.

Enquanto se mediam, deram meio giro que o deixou de costas para a rodovia, a imaginar um jeito de diluir o conflito.

O mau sinal, ela passeou o dedo indicador nos lábios.

O conteúdo das tripas borbulhou perigosamente. Primeiro, seria sacudido, depois, obrigado a explicar o motivo da desobediência. Como de costume, não aceitaria nenhum dos argumentos.

Engoliu seco e espiou por cima dos ombros da matriarca. Gazeta conversava com a Yuna, cheio de sorrisos. Sol, ora fuxicava o celular, ora o espiava de rabo de olho. Já a Mikaela deu uma piscadinha e sorriu.

Não entendeu nada.

— Filho, precisamos ter uma conversa muito séria.

Léo prendeu o fôlego.

— A minha cunhada recicladora jurou de pé junto que você não me desobedeceu. Ao contrário, relutou até o último segundo. Só veio ao *show* por causa da Solange. É verdade? Por causa dessa paixonite vivia pelos cantos há dias? Não minta para mim!

Recuou meio passo.

— Inclusive, pasme, a Mikaela e o Arthur reconheceram a derrota e me pagarão a aposta. Tô pasma!

Voltou a espiar por cima do ombro da mãe. A tia e o pai exibiam dedos cruzados. Ambos sorriam. Outra armação, claro.

Tentou aproveitar a virada no jogo:

– Exato! Enfrentei essa maratona por causa da Sol. Tive medo de ela arrumar um namorado no meio de tanta gente. Precisava conquistá-la. – Não contou mentira. A oportunidade de paquerar a menina dos sonhos pesou muito na decisão de embarcar naquela aventura maluca. Só o fato da Mikaela ligar para oferecer a tal carona, estragaria os seus planos amorosos...

De rabo de olho, a leoa se demorou a observar as expressões faciais do filhote. A avó Luíza lhe ensinara o segredo para enxergar a verdade em rostinhos adolescentes? Se passasse no teste, talvez a penitência fosse menor, se não, castigo monstruoso. Ai! Sussurrou:

– Vai, me perdoa!

Ela tornou a passear o dedo nos lábios antes de dizer:

– Bom. Já que ninguém se machucou e me diverti baldes, somado o fato de já ter ido escondida a bailes quando mocinha... Inclusive, ser mãe é ser tonta mesmo. Tá! Tudo bem! Te perdoo. De qualquer forma, não ficará de graça a estripulia dessa noite, pensarei num castigozinho. Ok?

Os olhos lacrimejaram de alegria enquanto pulava de pés juntos. Tinha sim, a melhor mãe do mundo.

Abraçados, deram um giro, quando pôde testemunhar a vibração dos dois irmãos estrategistas, Gazeta e a Yuna no maior bate papo, Solange de bracinhos cruzados a sorrir o mais belo dos sorrisos.

Abraço desfeito, a leoa mirou a candidata a nora de soslaio por um instante voltou a encará-lo, dedo em riste:

– Mocinho, guarda um segredo eterno?

Abanou a cabeça concorde.

– Sempre morri de vontade de lhe falar essa bobagem. – Riu – Algo que já ouvi o Arthur dizer em outras ocasiões. Só não me atrevi, porque... Ser mãe, além de ser tonta, é ser ciumenta.

Vidrou a atenção e parou de respirar.

Ela tornou a espiar a Sol, por meio segundo, piscou, pressionou as têmporas e, de voz grossa, assoprou a frase inacreditável:

– Isso aí, filhão! Ela é uma gatinha, hein!

Os dois tornaram a se abraçar, entre risos e gargalhadas...

A certeza: apesar dos pesares, podia, sim, fazer da vida o maior barato.

FIM

Demais livros do autor:

www.arnaldodevianna.com.br

Abajour BOOKS

www.abajourbooks.com.br